億万長者の知らぬ間の幼子

ピッパ・ロスコー 作

中野　恵 訳

ハーレクイン・イマージュ

東京・ロンドン・トロント・パリ・ニューヨーク・アムステルダム
ハンブルク・ストックホルム・ミラノ・シドニー・マドリッド・ワルシャワ
ブダペスト・リオデジャネイロ・ルクセンブルク・フリブール・ムンバイ

TWIN CONSEQUENCES OF THAT NIGHT

by Pippa Roscoe

Published by Harlequin Japan, a Division of K.K. HarperCollins Japan, 2024

ピッパ・ロスコー

大学院で修士課程を修了したあとは、4年間、BBCで医療ドラマに関わっていた。転職して出版社に勤め、5年間編集者としてさまざまな経験を積んだのち、作家になるという夢を追いかけるためにロンドンからノーフォークに引っ越す。コーヒーが大好きで、長時間の散歩を日課としている。

主要登場人物

ガブリエラ・カサス……一歳児の双子の母親。愛称ガビー。
レナータ・カサス……ガビーの母親。
ハビエル・カサス……ガビーの兄。
エミリー……ハビエルの妻。
ナサニアル・ハーコート……ガビーの元一夜の恋人。実業家。愛称ネイト。
アナ……ガビーとネイトの娘。双子。
アントニオ……ガビーとネイトの息子。双子。
ホープ……ネイトの双子の妹。
ルカ……ホープの夫。
ホルヘ……ベビーシッター。

1

「お願い、兄さんを助けて。何とかして」

体が横に転がされ、ベッドに倒れ込む。光が目を照らし、何も見えなくなる。だが、まぶたを閉じることができない。開いたまぶたを固定する手を振り払おうとしたが、腕が動かなかった。

「左目の瞳孔が拡大している」

〝CTスキャン〟や〝血管造影図〟や〝血液〟といった言葉が耳に飛び込む。妹を探そうとしたが、指一本動かすことができない。ネイトは地獄にいた。全身が炎に包まれていた。肌を突き刺す針。足の裏を押す拳——さまざまな感覚が襲いかかる。しかし、何をされても体は反応しない。

「いったい何が起きたの？」

恐怖に満ちたホープの声が聞こえた。その恐怖はネイトもよく知っていた。愛する者のもとに、目に見えぬ死の手が忍び寄るときの恐怖。妹にそんな苦しみを味わわせるわけにはいかない。絶対にだめだ。

ネイトは妹のアパートメントにいた。部屋は以前と何も変わっていないはずだが、違和感があった。ワインで満たされたグラスも、いつ手にしたのかが思い出せない。視界の隅がぼやけている。妹のホープが何か言っているが、まるで聞き取れない。視野が急に狭まった。妹が驚いたように日を丸くし、あんぐりと口を開ける。ネイトは暗闇の中に引きずり込まれ……。

「ミスター・ハーコート、聞こえますか？　ミスター・ハーコート？」

誰かが彼を乱暴に揺さぶる。痛みが頭をつらぬく。何かがおかしい。妹が泣いている。懇願している。

医療機器のうなりが不規則な電子音へと変わる。

「きっとよくなるわ、兄さん。世界一のお医者さんが、手術のために飛行機で駆けつけてくれるのよ」

手術？　どういう意味だ？

「大丈夫だから、兄さん」妹のささやきが聞こえた。「間違いないわ」

　プライベートジェットの客室の扉が音高く閉まり、ネイトは悪夢から目を覚ました。いや、違う。悪夢とは根拠のない恐怖、無意識という名の沼から這い出す意味不明のモンスターだ。彼が眠りの中で体験したのは過去の記憶だった。二年前に現実に起きたことだった。カサス家との取引が無惨な失敗に終わり、イギリスに戻ったあの夜の出来事だ。マドリードにいた時点ですでに頭痛に悩まされていた彼は、ロンドンの妹のアパートメントで発作を起こしたのだ。

　だが、イギリスの大富豪、ナサニアル・ハーコートがくも膜下出血で倒れた、というニュースが公表されることはなかった。ハーコート家のひとびとも、ネイトが所有する三つの企業も、この事実を隠すことにした。経済的な損失につながりかねないからだった。

　ネイトが死の淵をさまよっていたころ、会社の役員や世間は、彼はインドで休暇を楽しんでいると信じていたのだ。それを思うと、口もとに苦い笑みが浮かぶ。

　すべては秘密だった。あの夜、ロンドンで手術が行われたことも、彼がスイスの病院に入院したことも、回復するまでリハビリが続いたことも。

　真実を知っているのは彼の妹と祖父だけだった。

　長く続いた療養の苦しみに比べれば、最初の手術など公園の散歩のようなものだった。リハビリ、疲労、聴力の低下、頭と顎と背中の痛み。弱さを軽蔑するように育てられた人間にとって、それは耐えがたい日々だった。

ネイトは毎日のように思い知らされていた。自分はもはやかつての自分ではない〟という残酷な事実を。彼は健康に注意し、食事に神経を使い、エクササイズも欠かさなかった。かつては欲望のおもむくままに生きていたが、いまは摂生に努めていた。毎日同じ時刻に薬とビタミン剤を服用し、スケジュールに沿った日々を送っていた。

祖父は彼と目を合わさないまま言った。

〝仕事は減らしたほうがよかろう〟

だが、ネイトは以前の人生を取り戻すために、二年以上も努力を重ねてきたのだ。とても仕事を減らす気にはなれなかった。

しかし、実業家としての判断力は大幅に低下していた。泥沼の中でもがいているようなもどかしさに、彼はいつも悩まされていた。頭は思うように働かず、集中して考えることが難しかった。

部下や妹や祖父の顔に浮かぶ混乱、疑惑、不満の色には、いやでも気づかされた。〝心配する必要はありません〟と医師たちは言っていた。〝時間が解決してくれます〟と。彼らはわかっていない、とネイトは思った。ぼくの人生は、スイッチひとつですべて変わってしまった。カサス家の一件にけりをつけ、イギリスに戻った瞬間に、ぼくのスイッチはオフになったんだ。

「ロンドンからマドリードまでのフライト時間は、二時間と少しになります、ミスター・ハーコート」

女性客室乗務員が言うと、ネイトはうなずき、頭痛が治まるように祈った。

「何か必要なものがあれば、遠慮なくおっしゃってください」客室乗務員が彼の肩に手を置く。「喜んでご要望に応じますわ」

露骨な台詞（せりふ）ではなかったが、瞳には誘惑の光がたたえられていた。

　二年前の彼なら手首をつかみ、客室乗務員を膝の上にのせていたはずだ。機長や副操縦士のことなど気にもせず、相手の欲望に応えていただろう。

　あのころのネイトはエネルギーのかたまりだった。イギリス実業界の風雲児だった。三つの企業のオーナーであり、一族が経営する国際的な高級デパート〈ハーコーツ〉の最高財務責任者(CFO)でもあった。両親が亡くなったあと、彼はこの巨大企業のつぎの最高経営責任者(CEO)になるために祖父の教育を受けてきた。彼がマドリードに向かったのは、スペインの大手ファッション企業、カサス・テキスタイルと契約を結び、〈ハーコーツ〉の役員たちに自分の力を証明するためだった。成功は手を伸ばせば届くところにあった……。

　しかし、ガブリエラ・カサスに出会った瞬間に、すべてが変わった。

　気がつくと、ネイトは拳を握りしめていた。客室乗務員は彼の反応を待っている。

「それなら、ウイスキーを頼む」相手の誘惑に気がつかなかったふりをし、彼は言った。

　客室乗務員は彼の肩から手を放すと、落胆の表情を隠し、調理室(ギャレー)に姿を消した。

　ネイトは小さな丸窓の外に目をやった。月光に照らされた雲海は、この世のものとは思えないほど美しかった。

　ガブリエラ・カサス。

　彼女を思い出すだけで肉体は精神を裏切り、勝手な反応を示す。エロチックな興奮に下腹部は張りつめ、胃が締めつけられる。彼女に初めて会ったときの記憶が甦(よみがえ)る。あのときは彼女の名前さえ知らなかった。そんなことは知る必要すらない――高慢だったネイトはそう考えていたのだ。

　ガブリエラは彼が出会ったなかでもっとも美しい

〝わたしもあなたの話が聞きたいわ。でも、その前に……わたしは欲しいの……これが……〟

ネイトは理性を働かせることができなかった。二人が分かち合う欲望はあまりにも強烈だった。何も考えられなかった。一度だけキスを……唇が触れ合うだけでいい。求めていたのはそれだけだった。しかし、ブレーキが利かなかった。彼女なしでは生きていけない、とさえ思った。まるで天国だった。だが、やがて天国は地獄へと姿を変えた。

翌朝、目を覚ますと、ベッドに彼女の姿はなく、ネイトは衝撃に打たれた。皮肉な話だ。いまならそう考えることができる。ぼくはたくさんのベッドから逃げ出してきた。そのくせ、あの一度きりの経験にショックを受けたんだ。ネイトは体を起こし、部屋を見まわした。床に散らばった彼の服のひとつひとつが、官能の記憶のなごりであると同時に、軽率さの証拠でもあった。

女性だった。ナサニアル・ハーコートが自分から女性に言い寄ったことは一度もなかった。だが、あのときは自分を抑えることができなかった。大きな淡褐色の瞳に見つめられた瞬間、腹にパンチを食らったような衝撃が襲ったのだ。あの瞬間のことは何度も思い返してきた。ぼくはどこで間違えたんだ？なぜ危険信号を見落とした？あの時点では発作はまだだったが、すでにくも膜下出血の影響が出ていたのか？

〝何か飲むかい？〟

〝悪いけど、勘違いされたら困るから〟

〝何か飲むか、と訊いただけだ。それ以上の意味はないさ〟

あのときの彼女のまなざしの熱さは、いまでも覚えている。彼はガブリエラから視線を引きはがすことができなかったのだ。

〝きみと話がしたいんだ〟

そのとき、サイドテーブルの下に落ちていた小さなバッグが目に入った。ネイトはそれを開け、最高の一夜をともにした女性の正体を示すものがないか調べてみた。携帯電話も身分証明書もなかったが、クレジットカードがあった。そこにはこう記されていた――G・カサス。

彼は茫然とカードを見つめた。その名前の意味に気づくまでかなり時間がかかった。怒りが全身に広がり、ネイトは乱暴に服を身につけた。

彼女の正体がわかると、ネイトは相場の三倍の金額を支払って私立探偵を雇った。レナータ・カサスの背信行為が明るみに出たのは、探偵たちの調査の結果だった。

おそくガブリエラ・カサスは、母親の指示にしたがって彼を誘惑したのだろう。契約は法を遵守して進めたい、と彼が言ったとき、レナータの瞳は鋭い光を放った。そのことを意識に留めておくべきだったのだ。レナータの狙いは、自分のものでもない株を法外な金額で売りつけることだった。彼女はネイトの注意を逸らすために、実の娘を送り込んだのだ。

しかし、翌日の午後、カサス家の母娘と対決したのは間違いだった。

〝この子を追い出してちょうだい。二度と顔も見たくない。売春婦も同然よ〟

レナータの言葉はまるで平手打ちだった。棒立ちになったガブリエラの姿を思い出すだけで、彼の全身はこわばった。彼女は体を震わせていた。瞳には後悔の色があった。

嘘だった。すべては嘘だった。

レナータは自分の息子が所有する株を、勝手にネイトに売却しようと目論んでいたのだ。

〝レナータ、あなたは頭がどうかしている。ぼくはいますぐに弁護士に調査を依頼する〟

彼は母娘をあとに残し、ロンドンの妹のアパートメントに向かった。その直後にネイトの血管は破裂し、彼の人生はだいなしになった。

だが、カサス家の母娘と彼の発作を結びつけるのはどう考えても無理がある。理屈に合わない。それでもネイトは、長いあいだ自分に言い聞かせてきた――カサス・テキスタイルの件を片付ければ、すべてはもとに戻る。以前と同じような人生が送れるのだ、と。

そのために、いま彼はスペインの土を踏もうとしている。二年の歳月が過ぎたいま、彼はレナータ・カサスの詐欺と横領をめぐる裁判の証人として、法廷に立つことになっていた。ネイトは誓いをかならず実行に移す男だった。当然ながら、この誓いも守るつもりでいた。

レナータ・カサスとその娘に、ナサニアル・ハーコートを愚弄したことを後悔させる、という誓いを。

「大丈夫なのか？」バスルームの外から兄の心配そうな声が聞こえた。ハビエル・カサスは、妹が母の裁判で証言することに不安を感じているのだ。しかし、ガビーがバスルームに閉じこもっているのは、裁判が気がかりだったからではない。

「大丈夫よ。もう少し待って」

鏡に映る自分の顔を凝視する。かつては自慢だった長い黒髪は後頭部でまとめられ、雑なお団子になっている。服も色や素材やデザインではなく、清潔さを優先して選ぶようになった。以前は薔薇色だった豊かな頬はこけ、頬骨が目立ち、顔色も青白かった。

バスルームではずっと新聞を読んでいた。文字はぼやけて頭に入ってこなかったが、二年前に一夜をともにしたハンサムな男性の写真は、はっきりと見て取れる。写真は白黒だが、カメラを――彼女をまっすぐに見つめる瞳の色は、エスプレッソを連想させるブラウンのはずだ。

ナサニアル・ハーコート。

ブロンドの髪は以前より長くなっている。あの夜は短髪だった。いまでも覚えている。指先に触れる彼の頭皮の感触を。彼女の下でネイトが果てるさまを。彼の舌、愛撫、高ぶりを思い出すだけで息が止まりそうになる。まばたきを繰り返し、ガビーは涙をこらえた。彼女の愛撫に身をゆだねるネイト。彼女はひとつになる喜びを知り、みずからの胸の鼓動、熱いため息、脚のわななきをはっきりと感じ取った。彼のうめきを耳で捉えた。それどころか——

やめなさい！

ガビーは涙を拭った。

二年近くものあいだ、彼女は一日も欠かすことなく、ネイトと連絡を取ろうとしてきた。

そう、毎日だった。

メール、そして電話。番号さえわかっていれば、ファクスも試していたはずだ。誰かに邪魔をされているのでは、という疑いに駆られたこともあった。二人の仲を引き裂こうとしているひとびとがいるのでは、と。彼女はファッション業界の人脈を利用し、〈ハーコーツ〉のＣＦＯにメッセージを送ろうとした。〈ハーコーツ〉のスペインの旗艦店に乗り込んだこともあったが、警備員につまみ出されただけだった。彼女は屈辱に打ちのめされた。心の傷の上にさらに傷を負ったような気分だった。しかも、彼女がこれだけ苦しんでいるというのに、ネイトはインドのビーチで休暇を満喫しているのだ。

でも、いま彼はこの街にいる。裁判に出廷するためにマドリードに来ているのよ。

ナサニアル・ハーコートが法廷に立つとは、誰一人として——特にガビーの母親は、予想していなかったはずだ。どうやらネイトは長期休暇に入る前から、レナータを告訴する準備を進めていたらしい。

ネイトと出会ったあの夜が、彼女の人生を完全に変えてしまった。後悔はしていなかった。しかし、あれから多くのことが起きてしまった。

あの夜、ガビーは母の命令でネイトに接近した。娘を使って誘惑すれば、裕福なイギリス人実業家はのぼせ上がり、契約の違法性を見落としてしまうはずだ、とレナータは考えたのだ。だが、ガビーは母の悪事の片棒を担ぐことに疲れ果てていた。彼女はナサニアル・ハーコートに真実を告げるつもりでいた。わたしの母には、息子の会社の株を売却する権限なんてない。あなたはいますぐ帰国するべきだ、と。

すべてを打ち明けようと心に決めていたガビーだったが、彼の魅力に衝撃を受け、言葉を失ってしまった。彼女は何度も秘密を暴露しようとした。しかし、言葉が出てこなかった。彼の甘いささやきとさりげない愛撫にガビーは理性を失った。ネイトは恥じらいに満ちた彼女の反応を楽しんでいるようだった。わたしを心から理解してくれるひとに初めて出会えた、とガビーは思った。だからこそ彼女は一線を越えたのだ。

だがその翌日、ネイトはガビーの居場所を突き止め、彼女の母の家に現れた。彼女がホテルから逃げ出したあとのことだった。彼の瞳には、裏切られた者の怒りと屈辱がたたえられていた。

〝実の娘に男を誘惑させておいて、邪魔になったら放り出すのか?〟

〝こんな子はわたしの娘じゃない。売春婦も同然だわ〟

彼女は母の非難に激しいショックを受けた。ネイトは彼女を見ようとしなかった。彼女を守ろうとも、弁護しようともしなかった。ガビーの心はこなごなに砕け散った。

「ガビー、ほんとうに大丈夫なの?」今度はエミリーがバスルームのドアをノックした。義理の姉の心配そうな声に、彼女はわれに返った。記憶を振り払い、〝しっかりしなさい〟と鏡の中の自分を叱咤する。ドアを開けると、いつものように散らかった部屋が目に入った。

「ママ！　ママ！　ママ！」

こちらに向かって廊下を走る足音が聞こえると、ガビーの目は涙でにじんだ。子供たち。アナとアントニオ。笑顔、ピンク色の頬、ダークブラウンの瞳――二人はすべてが瓜二つだった。

しゃがみ込み、左右の腕で双子を抱え上げる。胸の痛みに耐え、指先でくすぐると、子供たちは笑い声をあげた。二人の頭に顔を近づけ、甘い香りを嗅ぎ、背筋を伸ばす。

「二人とも何をしていたの？」ガビーは英語で言った。

「その子たちは英語がわかるのか？」ハビエルがスペイン語で尋ねる。

「わかるわよ。この家では英語を使っているから」

エミリーが夫の腕の中に滑り込む。その腕には、娘のリリーが抱かれていた。リリーは巻き毛が愛らしい一歳児だった。痛みがまたしてもガビーの胸をつらぬく。妻と子供の体に腕をまわす兄を見るのはつらかった。それは彼女が夢見てきた家族の姿にほかならなかった。だが、ガビーには自分自身と子供たちしかいない。

「スペイン語がもう少し簡単だったら、わたしもいまごろは流暢に話せていたのかしら？」エミリーが冗談めいた口調で言った。

ガビーは微笑んだ。バイリンガルとして育てれば子供たちのためになる、という彼女の主張は嘘だった。しかし、その嘘はつき通すつもりでいた。ハビエルが、双子の父親の正体を明かすように求めたことは一度もなかった。聞かなくともわかっているのだろう。彼女が母のもとを去って以来、ハビエルとはいっそう親密になっていた。

着の身着のままで母の家を飛び出したガビーを、兄はあらゆる面で支援してくれた。ネイトとレナータが衝突したあの夜から、家には一度も戻っていない。あそこには彼女が必要としているものは何ひとつないのだ。できるものなら自活したいとガビーは考えていたが、ハビエルの意見は違っていた。

〝ガビー、おまえは双子を抱えている。いまは子供たちのことだけを考えるべきだ。住む家や金のことは心配しなくていい。それはぼくが何とかするから〟

兄の言うとおりなのはわかっていた。自分の意地のために、子供たちを危険にさらすわけにはいかない。しかし、兄に頼って生きねばならないのは……たまらなくつらかった。

妊娠によって彼女はすべてを失った。お腹の子供たちの父親が彼女と関わりを持ちたがっていない。その事実にガビーは打ちのめされた。彼女は二十三歳で母親になった。デザイナーになるという夢は、指のあいだから滑り落ちていった。

かつてどんな未来を夢見ていたにせよ、いま腕の中には子供たちがいる。もはや選択の余地はない。全力で子供たちを守らねばならないのだ。惜しみなく愛情を注げば、父親の不在も埋め合わせることができるはずだ。自分が幼いころに味わった苦しみを、子供たちに経験させたくなかった。それだけは何としても避けたかった。

「裁判が心配なのか？」ハビエルの顔には不安げな表情が浮かんでいた。「無理なら、証言台に立たなくともいいんだぞ。証拠は揃っているし、かりにおまえが出廷しなかったとしても――」

「平気よ」ガビーが立ち上がると、子供たちは走りだし、居間に姿を消した。「やらなければならない証言することになっているのだ。彼女がネイトと顔を合わせないようにスケジュールを組んだ、と検察官は言っていた。裁判の進行が遅れているため、ガビーの証言が明日にずれ込む可能性もあるようだ。

それでも、不安は拭いきれなかった。子供たちが一歳の誕生日を迎えたとき、彼女は心に決めたのだ。彼のことはきれいさっぱり忘れよう、と。子供たちから父親を奪った責任は、みずから背負わねばならないのだ。

ことだもの」

彼女は肩をすくめた。そう、それは果たさねばならない義務だった。母の醜い素顔から目を逸らしてはならないのだ。

「でも、そのせいで兄さんたちはフリヒリアナを離れる羽目になったのよね。それは申し訳なく思っているわ」

エミリーは手を振って彼女の言葉をさえぎった。

「いいのよ、わたしも以前から、街に戻りたいと思っていたところだから」

ガビーは微笑んだ。エミリーがスペインの首都マドリードを〝街〟と呼んだからだ。彼女のスペイン語はほぼ完璧だが、いかにもイギリス的な言いまわしを使うことがある。ガビーにとってエミリーは姉妹も同然の存在だが、そんなエミリーにも明かせない秘密があった。ナサニアル・ハーコートの件だ。

そのナサニアル・ハーコートが、今日同じ法廷で

2

裁判所のエントランスに続く短い階段を上り、足を止め、呼吸を整える。ブレザーのボタンを留め、ネクタイを締め直す。この沼地を通り抜け、前に進む準備がようやくできた。レナータが詐欺を働いていたことを法廷で証言し、さっさとこの街を出ていくのだ。

いまやカサス・テキスタイルの株券は紙くずも同然だった。レナータが逮捕され、法廷に引きずり出されたせいだ。彼女は弟に養われているという噂（うわさ）だが、ネイトにとってはどうでもいい話だった。

裁判所の扉を抜け、受付で名前を告げ、検事補が現れるのを待つ。脈拍は速く、神経も高ぶっていた。発作で倒れる前なら、この緊張も楽しめていたはずだ。だが、いまの彼にとって、体調の変化は警報を意味した。

ネイトは不安を頭から振り払った。ぼくは健康を取り戻した。だからこそ、半年前に職場に復帰できたんだ。頭や体が反応するスピードは以前よりほんの少し遅くなっている。しかし、それでもぼくの健康状態は平均よりはるかに良好なはずだ。

「ミスター・ハーコートですね？」

振り返ると、眼鏡をかけたスーツ姿の男性がこちらを見ていた。

「セニョール・トーレス？」

眼鏡の男性は微笑（ほほえ）んだ。「そうです（シ）。やっとお会いできましたね」

ネイトはうなずいた。愛想よく振る舞う必要はない。こんなことはさっさと終わりにするのだ。

「証言の手順は簡単です。まず検察官が、何があったかを話すようあなたに求めます。被告側の弁護人は何とか話をねじ曲げようとするでしょうが……」トーレスは言葉を切り、大げさに肩をすくめた。どうあがいてもレナータが無実を勝ち取るのは無理だ、という意味だろう。

ネイトはトーレスの話を聞きながら、広いロビーに集まったひとびとの顔に目をやった。

「誰かをお探しですか？」

一瞬、ネイトは言葉を失った。自分でも気づかないうちに、あたりに視線を走らせていたのだ。「ここでは顔を合わせたくない相手がいるんだ」

「確認しておきましょうか？」

「いや、その必要はない。どのみち被告側の証人として出廷するはずだ」

「それなら、今日ここで鉢合わせになることはないでしょう。では、こちらへ」

法廷は長い廊下の先だった。

厳粛な空気に包まれたロンドンの広い法廷でカサス家の母娘と対決する。そんな場面を思い描いていただけに、マドリードの狭い法廷を目にしたとたん、ネイトは少しばかり落胆をおぼえた。案内された扉近くの席に座ると、レナータ・カサスの後頭部が見えた。両肩からは緊張が感じられる。デスクに置かれた手は、指の関節が白くなっていた。

いや、彼女は緊張しているのではない。腹を立てているのだ。ネイトは低く笑った。なんとも手前勝手な話だ。弁護士と裁判官のスペイン語のやりとりを聞きながら、彼はレナータをじっくり観察した。彼女は弁護士に体を近づけては、何ごとかささやいている。そのたびに弁護士がうなずく。いったい何度リハーサルを繰り返したのだろう、と訝った。レナータと顔を合わせたときのことを思い出す。どうしてぼくは彼女の芝居に気づかなかったんだ？　なぜあの女に——そしてその娘に、あんなにも簡単にだまされてしまったんだ？

ガブリエラのことを考えるだけで胸の鼓動が速まる。だが、それはあえて考えないことにした。いつもの疑いが頭をよぎる。あの時点でぼくはすでに、くも膜下出血の影響を受けていたのか？　医師たちは否定していた。それはありえない、と。しかし、ネイトは直感を信じる男だった。彼はつねに自分自身を信じてきたのだ。

信じざるを得なかったからだ。十二歳のときに両親が死ぬと、祖父はネイトを妹から引き離し、寄宿学校に放り込んだ。彼は独りで生きることを余儀なくされたのだ。そこは冷たく残酷な少年たちの世界だった。少しでも弱みを見せれば食いものにされる。試練に耐えながら、ネイトは生きるすべを速やかに学んでいった。

そして、この二年余りのあいだに、彼はあらためて心の強さを試された。いまこそ、かつての強さを取り戻すときなのだ。

「ミスター・ハーコート？」証言台に立つよう、トーレスがネイトをうながした。

ガビーは母の裁判が行われる法廷の外の廊下を歩いていた。当初は腐肉にたかる蠅(はえ)のように報道陣が集まっていたが、最近になって政治家のスキャンダルが明るみに出たため、彼らの注意はそちらに向けられていた。おかげで、誰にも気づかれることなく裁判所にたどり着くことができた。

深く息を吸い、呼吸を整える。母の詐欺行為を裏付けるために、証言台に立つ覚悟はできていた。だが、数年前まで彼女は希望にすがりついていた。心のどこか期待していたのだ。〝勝手なまねばかりでごめんなさい。ひどい目に遭わせてすまなかったわ。いいえ、ほんとうはあなたのことを愛していたのよ〟――いつか母がそんなふうに謝罪してくれるのではないか、と。

あのころの彼女は、起こるはずもないことを夢見ていたのだ。母は自分が宇宙の中心だと考えていた。犯罪行為に手を出しても、上手く逃げきれると信じていたのだ。ガビーにとって何よりもつらかったのは、自分がいいように母に操られてきたことだった。〝わたしは母さんがいないと何もできない。わたしを理解してくれるのは母さんだけ。だから、逃げることはできない〟しかし、母の病的なエゴイズムに耐えつづけることはできなかった。

父さんがいてくれたら、こんなふうになっていなかった？　父さんは離婚したすぐあとに、新しい家庭を築いてしまった。父さんが支えになってくれたら、わたしは自分を守ることができたの？

ガビーは苦痛に満ちた思いをねじ伏せ、腕時計に目をやった。子供たちはエミリーと美術館に行っている。ガビーの口もとに笑みが浮かんだ。双子たちはまだ一歳半。芸術を理解するには幼すぎる。だが、子供たちをここに連れてくるわけにはいかないのだ。

長い裁判のあいだに、いつかネイトと出くわすかもしれない。ガビーはそんな恐怖につねにおびえていた。母に不利な証言をすることはたしかに不安だ。しかし、神経がすり減り、食べ物が喉を通らず、夜も眠れないのには別の理由があった。それはネイトだ。いずれ彼は、自分には子供がいる、という事実に気づくだろう。

胃が痛くなってきた。ずっと前から、彼に知らせようと努力してきたのだ。だが、妊娠したときも、双子を産んだときも、彼女は独りぼっちだった。初めて子供たちを抱いたときも、両脇で眠る二人の寝顔に見入ったときも、かたわらには誰もいなかった。ガビーは拳を握りしめた。彼女が必要としていたとき、ネイトはそばにいてくれなかった。あのころは何とか彼と連絡を取ろうとしていた。しかし、双子が最初の誕生日を迎えたとき、彼女は一線を引くことを決めた。

そして、いまこの裁判所にネイトがいる。子供のことは秘密にしておくべきなの？　秘密を明かしたら、何かが変わったりするの？　でも、やっぱり話さないわけにはいかない。

そのとき、法廷の扉が開き、セニョール・トーレスが現れた。ガビーの姿を認めると、笑顔を見せ、手招きをした。彼女は何とか気持ちを静めようとした。問題はひとつずつ片付けていこう。わたしはそうやって、出産後の最初の一年を生き抜いてきた。二年目もこのやり方で突き進むしかない。

ガビーは法廷に入り、セニョール・トーレスが示した後方の席に腰を下ろした。乱れる鼓動を意識しながら顔を伏せる。母と目を合わせるのが怖かった。あれから母とは一度も会っていない。連絡も取っていない。あの夜、レナータはガビーを聞くに堪えない台詞で罵ったのだ。ナサニアル・ハーコートを“惑わす”よう、ガビーに指示したのは母だった。にもかかわらず、レナータは憎しみの色をあらわにしていた。ガビーは息苦しさに襲われた。

「この事件であなたがどんな精神的な苦痛を味わったのか、説明してもらえますか？」原告側の弁護士が英語で言い、ガビーは現実に引き戻された。床に向けていた視線を証言台の男性に転じる。

ナサニアル・ハーコートを目にしたとたん、心臓が跳ね上がった。弁護士の質問に答えようとするネイトをまじまじと見つめる。瞳は双子たちにそっくりだ。額は息子に、決意に満ちた表情は娘によく似ている……。

だが、いまのネイトは以前とどこか違っている。姿勢だろうか？　少し痩せたようにも見える。オーダーメイドのスーツをまとった体は圧倒的なエネルギーを感じさせ、ライトブルーのネクタイは日に焼けた肌色を引き立てている。彼と分かち合った夜の記憶がどっと押し寄せてきた。やがて、ネイトが話しはじめた。

「すべてが苦痛に満ちた体験でした。世間がこの事件を話題にするたびに、ぼくと家族の名前が出てくるのです。耐えがたく、許しがたいことです。こちらがミスを犯したのであれば、自分で解決策を考えるしかありません。しかし、これは外国人実業家を罠（わな）にかけようとする計画的な詐欺でした。スペインの名誉を損なう犯罪行為です。カサス家の人間とは、二度と顔を合わせたくありません」

彼の言葉のひとつひとつがガビーを打ちのめし、彼女がひそかに育んできた希望をたたき潰した。もはや疑いの余地はなかった。目の前の男性は、彼女にも子供たちにも、ぬくもりに満ちた手を差し伸べることがないのだ。どんな犠牲を払ってでも、双子は守らねばならない。そのために子供たちを実の父親から引き離さねばならないのなら、受け入れるしかなかった。

ひとたび全力を尽くすと決めたら、かならず全力を尽くす。それがナサニアル・ハーコートだった。この問題さえ解決すれば、以前と同じようにビジネスに取り組める。間違いない。パズルのすべてのピースがあるべき位置に収まり、平穏な人生が取り戻せるのだ。

ネイトは顔を上げ、他の席に視線を向けた。その瞬間、ガブリエラ・カサスが目に入り、衝撃に襲われた。

彼女の顔は真っ青だった。自分がろくでなしのように思えてきた。彼の非難はレナータ・カサスに向けられたものだ。レナータの娘が詐欺にどう関わっていたのかはよくわからない。それでも、自分の言葉が彼女を深く傷つけたことは理解できた。

「ありがとうございました、ミスター・ハーコート。席にお戻りください」弁護士が英語で言った。

ネイトは立ち上がった。しかし、ガブリエラから視線を引きはがすことができなかった。彼女はひどく頼りなげに見えた。証言台を離れ、自分の席に向かう。彼の背後では弁護士と裁判官が言葉を交わしていたが、何も耳に入らなかった。レナータなどどうでもよかった。一夜限りにせよ彼の心を完全に奪った女性のこと以外、何も考えられなかった。

ネイトはプレイボーイとして知られていた。だが、それはもう昔の話だ。ガブリエラは、彼が最後にベッドをともにした女性だった。彼女の情熱はほんものだ、とあのときは信じていたのだ。過去の記憶と現在のガブリエラの表情。その二つのあいだで彼は引き裂かれた。

ネイトは彼女のつぶらな瞳を見た。ガブリエラは席に戻ろうとする彼を凝視している。かつて彼がもてあそんだシルクのような髪は、後頭部で無造作にまとめられていた。化粧気はなく、どこか疲れているように見える。ぼくのせいなのか？　そんな思いが胸をよぎったが、彼は即座にそれを否定した。

違う、これは演技だ。ネイトを迎えるために彼女が立ち上がる。身のこなしがぎこちなかったが、彼はその事実に気づかなかった。あの夜の記憶が押し寄せてきたからだ。二人の相性は完璧だった。心から理解し合える相手にめぐり会えた。地位や財産ではなく、ぼくを愛してくれる女性に初めて出会えた――どうしてそんなふう考えてしまったんだ？

ネイトは彼女に話しかけようとした。だが、背後から悲鳴が聞こえた。

ここ数年の経験を通じて、彼は悲鳴の種類を聞き分けられるようになっていた。苦悩、苦痛、鬱屈、怒り、絶望。苦しみの叫びにも違いはあるのだ。しかし、レナータ・カサスの叫びはそのどれでもなかった。自分勝手な憤りの声だった。

振り返ろうとしたとき、ガブリエラの顔が見えた。肌は青ざめ、これ以上つらい思いはしたくないと言わんばかりに、まぶたはしっかり閉じられている。ネイトは背後に視線を転じた。レナータ・カサスは彼とガブリエラをにらみつけた。だが、つぎの瞬間、レナータは床に倒れた。それは彼がいままで目にしたなかで、もっとも大げさでわざとらしい〝失神〟だった。

レナータの弁護士は、被告人に医師の診察を受けさせたいので二十分休廷してほしい、と要求した。検察官と裁判長はいらだちを見せながらも、被告人がこの状態では裁判が続行できないことを認めた。

裁判の進め方について話し合いが進むなか、セニョール・トーレスはネイトとガブリエラを廊下に連れ出した。ガブリエラは携帯電話を取り出し、猛烈なスピードでメッセージを打ち込みはじめた。着信があったらしく、彼女の携帯が振動音を響かせた。その音がネイトの神経に障った。

恋人から連絡が入ったのか？

そんな思いが頭に浮かんだが、あわてて振り払った。自分が嫉妬している、という事実にネイトは衝撃を受けた。これ以上好奇心を抑えるのは不可能だった。

「きみはここで何をしているんだ？」

彼女は唇を噛みしめたまま、スマホの画面を凝視している。「証言台に立つために来たのよ」

ネイトは両手を自分の腰にあてがった。「だが、今日は検察側が証人を呼ぶ日だぞ」

「そのとおりね」

「どういう意味だ？」まるで話がのみ込めなかった。

ガブリエラはスマホから顔を上げた。ネイトが怒りと不満をぶつけたというのに、彼女の目は澄みきっていた。

「母の有罪を裏付ける証言をするつもりなの」

「何だって？」彼はショックを受けた。

「あなたはもっと頭の回転が速いひとだと思っていたわ。長期休暇のせいで、少しぼんやりしているんじゃないの？」

ネイトは歯を食いしばり、怒りをこらえた。痛いところを突かれてしまった。ガブリエラは以前ぼくが知っていた心優しい、純真な女性ではない。たしかに彼女は、母親を有罪に追い込むために証言台に立つつもりなのかもしれない。だからといって、それが本人の無実を証明するわけでもない。彼女が何を考えているのか、明らかにする必要がありそうだ。

ガビーは胸が高鳴り、血が沸き立つのを感じた。どうしてわたしは、このひとと一夜をともにしてしまったの？　彼は傲慢で、礼儀知らずで、うぬぼれ屋だ。それでも、〝ぼんやりしている〟と言ってやり込めることができたのはいい気分だった。ナサニアル・ハーコートを相手に、そんなまねができる機会はなかなかない。

手の中のスマートフォンが振動し、画面にメッセージが表示された。

わたしたちは外にいます。

彼女はあわてて立ち上がった。子供たちを連れてこの場を離れよう。できるだけネイトと距離を取らなくては。

彼にうなずきかける。「それじゃ、ミスター・ハーコート……」逃げるように小走りで廊下を進む。

「それだけなのか？」ネイトが背後から呼びかける。

「何か他に言うことはないのか？」叫ぶような声だった。

ええ、何も言うことはないわ。わたしが証言台に立つ必要があれば、セニョール・トーレスが連絡してくれるはずよ。母がどんな人間なのかはわかっていた。悲鳴をあげた理由も理解できた。彼女とネイトを同時に視界に収めた瞬間、レナータは目を大きく見開いていた。ネイトが孫たちとどんな関係にあるのかを読み取ったのだ。裁判を有利に進めるうえでそれが役に立つ、と頭の中で計算をしているのかもしれない。

胃が痛くなってきた。今回の出来事は未来にも大きく影響するはずだ。いまは子供たちを連れ、ここから離れたかった。

階段を駆け下りる。何かに追いかけられているような不安を振り払うことができなかった。だが、裁判所の外に出て日射しを浴び、新鮮な空気を吸い込んだとたん、閉所恐怖症めいた感覚は吹き飛んだ。急いで気持ちを静める。うろたえた姿を子供たちに見せたくなかった。

「ママ！　ママ！」

息子の声だった。振り返り、アントニオを抱き上げる。彼女は息子のストレートな愛情表現が好きだった。アントニオを抱き寄せ、アナに視線を向ける。アナは弟よりも頑固で、独立心に富んでいたが、愛情深さでは負けていなかった。胸が熱くなった。いま手の中にあるものだけで充分に幸福だった。カサス・テキスタイルも、母親も、ネイトも必要なかった。

「ごめんなさい。できるだけ引き止めておこうとしたんだけど」自身の娘をベビースリングで抱えたまま、エミリーは言った。「アントニオがぐずりだして」

「気にしないで。ずっと面倒を見てくれてありがとう」ガビーは息子を腰で抱き、アナの頭を撫でた。

「何かあったの？　思ったよりも早く外に……」

エミリーは口ごもり、視線を別の方向に転じた。ガビーも思わずそちらにまなざしを向ける。

裁判所に続く階段の最上段には、ナサニアル・ハーコートの姿があった。ボタンを外したジャケットが風にはためいている。目もとはブロンドの髪でなかば隠されていたが、彼がガビーと子供たちを凝視していることは明らかだ。ぞっとするような空気が全身から放たれている。ガビーは不意に逃げ出したくなった。

「どうかしたの、ガビー？」エミリーが言う。

「別に何でもないわ。さあ、行きましょう」

それから六時間のあいだ、ガビーは凄まじいプレッシャーと闘いつづけた。過去の亡霊から解放されたのは、ネルハとフリヒリアナのあいだのヴィラに戻ったあとだった。

窓という窓を開け放ち、帰宅の途中に買い入れた食料品で冷蔵庫をいっぱいにする。兄夫婦の来訪は謝絶した。子供たちと三人だけで過ごしたかったし、自分一人の時間も欲しかったからだ。

ところが、アナは従妹のリリーと引き離されたとたんに泣きだした。娘を静かにさせるには、四冊の絵本と数えきれないキスが必要だった。ありがたいことに、アントニオは母親の忍耐力が限界に達したことを感じ取ったのか、泣きたいのを我慢しているようだった。

汚れ物を洗濯機に放り込み、トルティーヤとハムとチーズで簡単に食事をすませる。食器を洗い、垂れかかる髪を泡まみれの手で掻き上げる。

わたしはネイト抜きで家庭を築いたんだわ。安堵が広がり、不安もきれいさっぱり消えていく。玄関のドアにノックがあったときも、わたしたらのようすを確かめるためにハビエルが立ち寄ったのだろう、と思った。

しかし、ドアの向こうにいたのは、ナサニアル・ハーコートだった。黒い瞳は危険な光を放っている。ガビーは愕然とした。

「どうしてあなたがここにいるの？」長い絶句のあとに彼女はようやく尋ねた。

ネイトが冷たい目で彼女を見る。何か言いかけたが、すぐに口を閉じた。

ガビーの体は震え、鳥肌が立った。ネイトは目も眩むほど魅力的だった。マドリードで再会することは予測できていた。心の準備もできていた。でも、なぜここに？　ここはわたしの家、わたしの聖域なのに。

「どうやってわたしの居場所を突き止めたわけ？」

「そういうことを調べる部下がいるんだ」

「何をしに来たの？」彼女の声は震えていた。彼が暴力を振るうタイプではないことはわかっていた。だが、危険が迫っていることに間違いはないのだ。

ジョークを耳にしたかのように、ネイトは声をあげて笑った。その瞬間にすべてが明らかになった。アナとアントニオを目にしたとき、彼は自分と子供たちの関係を理解したのだ。

「もし嘘をついたら――あの子たちはぼくの子供じゃない、と言ったなら」ネイトは言った。「きみは一生後悔することになるぞ」

3

これ以上耐えられそうになかった。

今日、ガブリエラを裁判所で目にしてから、三つのことが起きた。

まず、ガブリエラがレナータ・カサスの陰謀に関与していない可能性が浮上してきた。とはいえ、彼女が検察側の証人になること自体が、無実を勝ち取るためのレナータの策略なのかもしれない。

第二に、ガブリエラに子供がいることを知り、彼は喪失感に打ちのめされた。何か大切なものが指のあいだから滑り落ちたような感覚に襲われたのだ。しかし、なぜそんなふうに感じたのかは、自分でも上手く説明できなかった。

そして第三に、子供を抱えて彼を見上げたガブリエラの瞳に恐怖の色が現れた。彼女は子供の存在をネイトに知られたくなかったのだ。しかも子供たちは双子だった。彼と妹のように。

ガブリエラが子供たちを連れて裁判所の前から姿を消したあとも、彼は階段の上で茫然（ぼうぜん）と立ち尽くしていた。やがて震える指で携帯電話に弁護士の番号を打ち込み、ガブリエラ・カサスについて徹底的に調べるよう命じた。弁護士が仕事に取りかかると、運転手に連絡し、プライベートジェットが待機する飛行場まで車で戻った。弁護士の返信を待つまでもなかった。あえて確認するまでもなく、彼は知っていた。子供たちの年齢をチェックする必要すらなかった。

飛行場に着くころには、ガブリエラの住所と経歴が明らかになっていた。子供たちに関する情報も手に入った。彼が双子の情報を要求したわけではなかった。そのデータが見たかったのかどうかさえ、自分ではわからなかった。しかし、目は写真に吸い寄せられた。それは弁護士に雇われた私立探偵が、裁判のために事前に撮影した写真だった。

マドリードからネルハの飛行場までは、一時間足らずで着いた。その短いフライトのあいだに、どうしても子供たちに会わねばならない、という狂おしい思いが彼の心に根を張っていた。初めて目にしたとき、双子は見知らぬ子供たちにすぎなかった。だが、いまは父親の立場であの子たちを見てみたかった。

ネイトは不意に気づき、そして驚いた。彼は二年前と同じ飛行場に降り、二年前と同じヴィラにたどり着いたのだ。そしていま、目の前にはガブリエラがいる。彼女の顔には不安の表情が浮かんでいた。しかし、いまは彼女よりも優先すべきことがあった。子供たちだ。

「あの子たちに会わせてくれ」彼はうなるように言った。

ガブリエラが首を左右に振る。「二人とも眠っているわ」

「それなら、起こしてくれ」

彼女の態度が一変した。背筋が伸び、淡褐色の瞳が鋭い光を放つ。「それは無理よ。いったん起こすと、寝かせるまで時間がかかるから」

「なぜだ？　具合が悪いのか？」ネイトは張りつめた口調で尋ねた。

ガブリエラが眉間にしわを寄せる。「そういうことじゃないの。あの子たちは……疲れているのよ」

ネイトは足を前に踏み出した。だが、ガブリエラはいっぽうの手を伸ばし、きっぱりと彼を制止した。

「わたしたちは話し合うべきね。でも、腹を立てたままわたしの家に入ってほしくないわ。子供たちのためにならないもの」

「あの子たちはぼくの子供でもあるんだぞ」彼は怒りに駆られて言った。しかし、彼女は無言のままだ。その態度がネイトの神経を逆撫でした。だが、ガブリエラの言い分も理解できる。彼は視線を逸らし、気持ちを静めようとした。監視するような彼女の視線を浴びていたのではそれも難しかった。

　どうやら手順を間違えてしまったようだ。それは認めざるを得ない。だが、いまのこの思いをどうやって説明すればいいんだ？　ぼくの体を駆けめぐっているのは、愛情であると同時に恐怖だ。ぼくの知らないところで子供たちに何かが起こるかもしれない、という恐怖。そんな状況がこの先も続く、という恐怖。

　彼はガブリエラに向き直った。とにかく事実が知りたかった。「なぜ連絡してくれなかったんだ？　連絡しようとは思わなかったのか？」

　すべてが一瞬で変わった。青ざめていた彼女の顔に血の気が戻り、瞳が決意に満ちた光を放つ。

「それはジョークなの？」

　ネイトは驚愕にのけぞった。ガブリエラは怒りの表情で彼との距離を詰めた。

「わたしの質問に答えて。それはジョークなの？」

「違う」ガブリエラの口調の激しさに彼はたじろいだ。

「わたしは二年近くあなたと連絡を取ろうとしていたのよ」

　ああ、何ということだ。

　状況がのみ込めた。その瞬間に衝撃が襲い、頭が真っ白になった。

「毎日あなたにメールを二通送り、三度電話をかけた。メッセージを伝えてもらいたくて、あなたの同僚たちとも連絡を取った。あなたの会社のあらゆるアドレスに宛ててメールも送ったわ。ストーカーみたいに見えることは承知のうえだった。そのうちに、みんながぐるになってわたしの邪魔をしているんじゃないか、って考えるようになったわ」

ネイトは両手で顔を覆いたくなった。ある意味、彼女の言うとおりだった。ガブリエラが連絡を取ろうとしていたのは、ちょうど彼がスイスの病院に入院していたころだ。そう、連絡など取れるはずがない。不可能だったのだ。

「妊娠しているあいだ、そして子供が産まれてからの一年間、わたしはあらゆる手を尽くしてあなたと連絡を取ろうとしていたのよ、ネイト」

彼は悔恨に奥歯を嚙みしめた。

「あのとき、あなたはどこにいたの?」ガブリエラは尋ねた。しかし、すでに言葉は底を尽き、怒りも静まっていた。あとに残ったのは徒労感だけだった。体が震え、自分がひどく無防備に感じられた。「あなたはどこにいたの?」同じ質問を繰り返す。〝あなたが必要だったのに〟――出かかった言葉を抑えると、とたんに涙があふれそうになった。

そんなことを訊いて、いまさら何になるの? 彼女はみずからに問いかけた。納得できるような言い訳が聞けるとでも思っているの?

ネイトの表情は大きく変わっていた。瞳には悲しみと罪悪感がたたえられている。彼は手を差し伸べたが、ガブリエラは顔をそむけた。受け入れられなかった。彼はすでに和解のチャンスを逃しているのだ。彼女は心に決めていた――存在しないものを追い求めたりはしない、と。それは実の父親から学んだ教訓だった。ネイトの気持ちを理解するつもりなどなかった。けれど、と彼女は胸中でつぶやいた。このひとはわたしの子供たちの父親だわ。あの子たちと顔を合わせる権利はある。それは否定できない。

「静かにしてくれるのなら、子供たちを見てもかまわないわ。でも、お願い(ポル・ファヴォール)だから起こさないで」

背後にネイトの気配を感じながら彼女は歩きだした。落ち着かなかった。あいかわらず彼は背が高く、肩幅が広かった。しかし、以前とはどこか違っているような気がした。

二人はリビングに足を踏み入れた。ネイトは部屋のセンスのよさに感心しているようだった。ハビエルはもっといい家を用意するつもりだったらしいが、ガビーはこのささやかなヴィラで満足していた。兄の勧める豪邸は遠慮したものの、エミリーが贈ってくれた鉢植えや絵画は喜んで受け取った。それらがあるおかげで、このヴィラはガビーと子供たちにとって完璧な家（ホーム）になっていた。

だが、この家に父親はいない。

彼女はネイトを双子たちの部屋に導いた。ドアは少し開けたままにしてある。振り返ると、彼は顔をこわばらせた。ガビーは立てた指を自分の唇にあて、音をたてないようにドアの隙間を広げた。

ナイトライトを付けているので、部屋は真っ暗ではなかった。眠る双子の姿は、彼の目にはどんなふうに映っているの？　子供たちの丸い頬には長い睫毛（まつげ）の影が差し、口もとは童話の挿し絵を思わせ、胸は息遣いとともに上下している。アントニオは眠ったまま鼻を鳴らしたが、寝つきのいいアナはいつものように熟睡している。アントニオがなかなか寝つかなかった時期は、ぐっすりと眠るアナが心の支えになってくれた。

あのころは胸が痛かった。ここが理想の家庭ではないと感じていたからだった。アントニオもすでに気がついていたはずだ。ここではないどこかに自分の父親がいる、という事実に。

ガビーは拳を握りしめ、ネイトに視線を転じた。彼は愛情に満ちた目で子供たちを見ている。そんなに簡単なことなの？　二年の空白のあとに、いきなり父親になれるものなの？　ガビーは憤りをおぼえた。

「どっちが……どっちなんだ……？」ネイトは動揺を抑えているようだった。

一瞬にして怒りは消え、憐憫の思いがわき上がってきた。「左がアナよ。とても寝つきがいいの。髪はアントニオより明るい色なんだけど、暗いとよくわからないわね。アントニオは眠りが浅くて、物音がしたらすぐに目を覚ましてしまうの」

彼女は微笑み、さらに声をひそめた。

「アナは頑固で意志の強いタイプよ。アントニオは大らかな楽天家ね。でも……」

「〝でも〟？」ネイトは彼女に顔を向けた。彼との距離は思っていた以上に近かった。

「アントニオは少し神経が細いの」そう言ったとたん、彼女は不安に駆られた。ネイトはそんな欠点を持つ息子を嫌うかもしれない。自分の理想に合わせて息子を鍛え直そうとするかもしれない。自分たちの人生に赤の他人を招き入れるのは、ひどく危険なことだ。しかもこの男性は富と権力を合わせ持つ人物なのだ。

ネイトは無言でうなずいた。だが、暗かったため、彼の表情は読み取れなかった。

急に彼に帰ってもらいたくなった。ネイトを双子から引き離しておきたかった。ガビーは部屋を出た。そうすれば彼もついてくる、と思ったからだった。ネイトはためらったが、やがて彼女のあとを追った。二人は廊下を抜け、広いキッチンに足を踏み入れた。

「何か飲む？」彼女は尋ねた。ネイトが汚れた食器や冷蔵庫の脇のベビーモニターに目をやる。彼が現れるまで、ガビーたちの暮らしは完璧だったのだ。

「何でもいい」

「ハーブティーなら――」

「それでかまわない」

無造作な口調だった。その口調が彼女の胸を刺した。二年間連絡が取れなかったのはなぜ？　それが知りたかった。このひとは子供たちをわたしから奪うつもりなの？　そんなことをする権利があるの？　でも、万一裁判になっても、わたしが勝てるはずよ。そう、間違いないわ。

だが、ガブリエラ・カサスは、横領と詐欺の容疑で法廷に引き出された女性の娘だ。しかも彼女の母親は、主犯は自分ではなく娘だと言い張っているのだ。

　いまのガビーはネイトよりも弱い立場にある。その事実に彼女は怒りをおぼえた。やはりネイトが裁判を起こしたら、こちらに勝ち目はないのかもしれない。この二年間、彼女は子供たちのためにすべてを捧げてきた。子供たちがよりよい暮らしを送れるように、これからも全力を尽くすつもりでいた。しかし……。「ネイト……」ガビーは彼に顔を向けた。心臓が喉まで迫り上がり、涙がいまにもあふれそうになった。「……子供たちを奪わないで」彼女は懇願した。

　ネイトは双子をまのあたりにした。彼の子供たちを。いままで経験したことのない何かが波のように押し寄せ、すべてを洗い流し、彼を別の人間に作り変えた。衝撃はあまりにも大きかったため、ガブリエラの言葉の意味を理解するまで、少し時間がかかった。

「ぼくは……そんなまねをするためにここに来たんじゃない」長い沈黙のあとに彼は言った。かつてネイトの人生は、一瞬にして根底から覆された。それは苦痛に満ちた経験だった。自分の子供たちには、そんな目に遭わせたくなかった。

　子供たちの環境を変えるのなら、ゆっくりと時間をかけて変えるべきだ。ぼくがガブリエラ・カサスと目も眩むような一夜を過ごしたのは事実だ。だが、彼女を信じることはできない。あのとき、彼女は自分の正体を隠していた。少なくとも、自分から明かそうとはしなかった。何とか連絡を取ろうとしていた、と彼女は言い張っていた。しかし、その証拠はどこにある？　ガブリエラがどんな母親であるのかは、いまの時点ではわからない。愛情に欠けるところが少しでもあれば、即座に子供を奪い取るべきだろう。

　とはいえ、この家は多くのことを無言のうちに語っていた。開け放たれたドアにはベビーゲートが設置され、コンセントには感電防止用の安全プラグが差し込んである。あちこちに散らばった玩具(おもちゃ)は、どれも柔らかな素材のものだ。壁という壁には写真が飾られていた。アナとアントニオの写真。双子たちとガブリエラ。彼女の兄夫婦と幼い娘。しかし、レナータ・カサスと彼女の父ラウタロの写真はなかった。

　もちろん、ネイトの写真もない。彼は胸に痛みをおぼえた。

　探偵が作成した報告書によれば、ガブリエラは兄の援助を受けてはいるが、生活は質素なものらしい。子供たちが最優先の暮らしだという。週に一度は双子を近くの遊び場に連れていき、よその子供たちと遊ばせている。知り合いの母親たちとときどきコーヒーを飲むが、外出することはほとんどない。彼女の人生は子供を中心に回転しているのだ。

　ぼくたちの子供。

　くそっ、いまのぼくは父親なんだ。

　彼が望んでいたことではなかった。家族を持ちたいと願ったことも、子孫を残したいと思ったことも、一度もなかった。それはすべて妹のホープにまかせるつもりでいた。そんなプレッシャーにさらされたくはなかった。彼は三つの企業の最高経営責任者(CEO)であり、国際的な企業複合体の最高財務責任者(CFO)でもあるのだ。

ネイトは子供のころから女性を信じていなかった。いや、問題はそれだけではない。家庭をかまえるということは、家族を守るということだ。それに失敗すれば、妻や子供は苦痛を味わうことになる。彼自身と妹が両親を失ったときのように。

しかし、それでも彼は父親だった。彼が過去に何を恐れていたのかは、この際どうでもいい。過去と現在は分けて考えねばならない。いまは適切な判断を下さねばならないのだ。ガブリエラがたった一人で育て上げた子供たちのために。

「きみは双子の母親だ、ガブリエラ。何があろうとその事実に変わりはない。だが、ぼくもあの子たちの父親だ。これからは、あの二人の人生に関わっていきたいんだ」

ガブリエラの瞳が陰りを帯びた。「いまになってそんなことを言うの？」

ぼくがこの二年間何をしていたのか。なぜそのことを秘密にしてきたのか。どうやらそれを話したほうがよさそうだ。しかし、事実を明かすことはリスクを冒すことだ。弱みを自分からさらけ出していいのか？　緊張が稲妻のように体を駆け抜け、痛みが雷鳴のように頭の中で轟(とどろ)く。

「座って話をしよう」

ガブリエラは彼を見返したが、やがてうなずいた。沸騰したお湯を二つのマグカップに注(つ)ぎ、先に立って中庭(パティオ)に出る。彼女はカップをテーブルに置き、キッチンにとって返すと、ワイヤレス式のベビーモニターをポケットに入れて戻ってきた。パティオにはタイルが敷き詰められ、夜空は星で埋めつくされていた。だが、頭上の銀河のきらめきも、月の光も、いまのネイトには関わりのないことだった。

〝あなたはどこにいたの？〟

ハーコート一族を別にすれば、真実を知る者は一人もいない。

「スペインから戻った翌日……きみの母親と言い争ったつぎの日に……ぼくは妹の家を訪ね、そこで倒れた」彼はそう言い、大きく息を吐き出した。胸が苦しかった。体の中で不安がふくれ上がる。

ガブリエラは眉間にしわを寄せたが、無言のままだった。

「ぼくは病院に搬送され、くも膜下出血と診断されたんだ」

「くも膜下出血……?」

「脳の動脈が詰まって、血管が破裂した。医者はぼくの頭を切開して――」彼が身ぶりで自分の頭を示すと、ガブリエラは目を丸くした。「――出血を止めたんだ」

ガブリエラは茫然とこちらを見返している。さまざまな思いが頭の中でぶつかり合っているのだろう。

「わたしの母のせいなの? 母とあんなことになったから――」

ネイトは首を左右に振り、彼女の言葉をさえぎった。「そういう理由で起きる発作じゃないんだ。何年も前から病状が悪化していたのさ」彼は肩をすくめた。実のところレナータが発作の原因だったのでは、と心の片隅では疑っていた。しかし、それを口にすれば、ガブリエラはショックを受ける。そんなまねはしたくなかった。

「つまり……」ガブリエラが不安の表情で椅子から腰をなかば浮かせる。「子供たちにも検査を受けさせたほうがいい、ということ?」

ネイトは彼女の肩にそっと手を置き、座らせた。

「遺伝することはまずないらしい。だが、検査は受けさせたほうがいいだろう」

「あなたは大丈夫なの?」

彼女の質問にネイトは驚いた。明らかに彼の健康を気遣っているようなのだ。

「平気さ」彼は答えた。それ以上は何も言えなかった。いまはまだ、彼女を心から信頼することはできなかった。

　ガビーはこちらをまじまじと見た。ネイトの身に何かがあったことを、無意識のうちに感じ取っていたのかもしれない。

テーブルごしに腕を伸ばし、彼の髪に手を近づける。ネイトは体をこわばらせたが、制止しようとはしなかった。額に垂れかかる前髪を押し上げると、色素が少し薄くなった傷跡が目に入った。髪で隠されていなかったとしても、その傷に気づく者はいないだろう。

　このひとは恐怖に打ちのめされ、つらい日々を送っていたんだわ。たった一人でそれに耐えていたというの？

「どうして秘密にしていたの？」ガビーは尋ねた。彼女が感じていたのは怒りではなく、胸の痛みだった。

　ネイトは平静を装おうとしているように見えた。喉もとが月の光に照らされている。「ぼくはそれなりに有名な一族の人間だし、責任のある地位にも就いていた。だから、世間に弱みを見せるわけにはいかなかったんだ。ぼくが職場復帰できないことが暴露されれば、妹を含む多くのスタッフに迷惑がかかったはずだ」

「株価に影響する、ということ？　会社の信用が低下して、役員たちも苦しい立場に追い込まれて……」

　ネイトは驚いたように眉を上げた。

「あなたがわたしの母をどう思っているかは知らないけれど、わたしにとって母はつねにビジネスウーマンだったわ。あなたが考えている以上に、わたしはビジネスを理解しているつもりよ」気がつくとひどく冷淡な口調になっていた。世間のひとびとにとってガビーは、レナータ・カサスの娘、ハビエル・カサスの妹以外の何者でもなかった。自分の意思と頭脳を持つ存在とは見なされていなかったのだ。

彼女は屈辱の思いを心の隅に追いやり、目の前の問題に意識を集中させようとした。いまのこの状況を正しく把握しなくてはならなかった。

「あなたは何が望みなの、ネイト?」

彼の顎の筋肉がぴくりと動いた。月光が頬骨で踊り、額に影が差す。高い鼻からは意志の強さと頑固さが感じられる。彼の顔はガビーの子供たちによく似ていた。双子は明らかに父親の美貌を受け継いでいる。

「ぼくの望みは、家族の安全を守ることだ」彼女はほっとした。だが、彼のつぎの言葉を耳にしたとたん、安堵の念は吹き飛んだ。「ぼくはここに留まりたいんだ、ガブリエラ。きみたちの人生の一部になりたい。きみはぼくがいなかったのをいいことに、子供たちの出生証明書にぼくの名前を書き込まなかった。そうだろう?」

不意に何も考えられなくなった。脳が彼の言葉を理解することを拒んでいるかのようだった。

「ぼくが父親の権利を手に入れるいちばん確実な方法は、きみと結婚することのようだな」

心臓が跳ね上がり、息が詰まった。このひとと結婚なんてできるはずがない。パニックと恐怖が胸を走り抜ける。彼女はネイトの瞳に視線を向け、彼の考えを読み取ろうとした。しかし、そこに見えたのは断固たる決意だけだった。

「きみが子供を連れて逃げた場合、ぼくは裁判を起こす以外に道がなくなる。だが、すでにカサス家は、充分すぎるくらいスキャンダルを抱えているはずだ。そうだろう?」

ガブリエラの胃は締めつけられ、喉には酸っぱいものが込み上げてきた。「わたしを脅すつもりなの？」

「ぼくは自分の財産と名誉を懸けて子供たちを守りたいんだ。あの子たちには、それだけの価値があるはずだ」

「要するに、すべてをお金で解決するつもりなの？　お金だけで子供たちを幸福にできる、とでも……」

彼女は唇を噛み、冷静に頭を働かせようとした。二人とも感情的になっている。それは仕方のないことだ。けれど、ネイトはひとつだけ正しいことを言っている。あの子たちにはそれだけの価値がある、ということだ。

「子供たちが必要としているのは、お金だけじゃないわ、ネイト。安らぎを得ること、理解されること、愛されることが必要なのよ。あなたにそういったものが与えられるの？」ガビーは体を震わせ、深く息を吸い込んだ。彼は考えに沈んでいるようだった。

「たしかに子供たちにはそういうものが必要だな。ぼくにはひとを愛したり、他人の気持ちを理解したりする能力がない、ときみは考えているようだが」ネイトの頬は怒りに赤く染まっていた。「それでも、子供たちには父親と母親が必要だ。愛情だけではなく、経済的な支えも必要なんだ。それなら、ぼくにも与えることができる」

ネイトの言葉に彼女ははっとした。ガビーは子供たちの暮らしを守るために、良心が許す範囲内で兄の援助を受け、ずっと綱渡りを演じてきた。母親とカサス・テキスタイルに守られてきたガビーの手もとには、もう何も残っていない。母の銀行口座は凍結され、父に助けを求めることもできなかった。

父。彼女の人生から突如として消えた人物。母と離婚して別の女性と再婚し、子供のいる幸福な家庭を築き、もはやガビーのことなど気にも留めていない。だが、ここにはネイトがいる。子供たちのためなら何でもする、と断言する男性が。矛盾するいくつもの思いが交錯し、彼女の心は引き裂かれそうになった。

「そうね、子供たちには経済的な支えも必要ね。でも、そのために結婚するというの？　あなたはわたしのことなんて好きじゃないはずよ。わたしだって、あなたのことは何も知らない」

「それは越えられない壁じゃないな。何ごとも時間が解決してくれる。子供たちを守りたいという目標で結ばれた関係のほうが、燃え上がってすぐに消えるロマンスより長続きするはずだ」

悔しいが、ネイトの言うとおりだった。筋が通っている。今日一日だけではなくこの数カ月、数年の疲労が、どっと押し寄せてきた。子育ての苦労を誰かと分かち合いたいと考えるのは、そんなにいけないことなの？

「景気のいいセールストークだけでは信用できないわ、ナサニアル。どうするつもりなのか、具体的に説明してちょうだい。わたしたちの関係はいったいどうなるの？」

「ひとつはっきりさせておきたいことがある、ガブリエラ。それは、きみとぼくが結婚しても〝わたしたち〟というものは存在しないということだ」

それ以上の説明は不要だった。彼の言いたいことはすべて理解できた。屈辱と痛みが全身に広がる。しかし、それでもガビーはうなずいた。

「即答はできないわ。少し考えさせて。それから、あなたは子供たちと顔を合わせるべきね。二人が目を覚ましたときに」

4

ネイトは近くのホテルに向かった。だが、ガビーはあいかわらず星のまたたく夜空の下にいた。わたしたちの会話を聞いていた星たちは、いったいどんなアドバイスをしてくれるだろう？

彼と結婚したら、後悔することになる？　自分の道は、やはり自分で切り開くべきなの？　どうしたらいいのか、自分でもよくわからなかった。ネイトの話は、理屈から言うと非の打ちどころがない。けれど、感情の面から考えると、正気の沙汰とは思えなかった。

彼女とネイトのあいだに何があったにせよ、子供たちには父親が必要だ。この決断によって、双子の人生は大きく左右されるだろう。何があろうと、子供たちにつらい思いをさせたくない。やがて彼女はネイトのスマートフォンにメッセージを送った。二人で子供たちを育てましょう、と。彼はすみやかに返事をよこした。内容は簡潔だった。

了解。

その夜、ガビーは夢を見た。愛撫とため息と悦楽に満ちた夢を。それは残酷な現実が介入することのない、穏やかな幻想の世界だった。目を覚ましたときは、体が火照っていた。

足音を忍ばせて廊下を進み、子供部屋を覗き込む。ありがたいことに子供たちはまだ眠っている。シャワーを浴びるくらいの時間はありそうだ。そのとき、玄関から乱暴なノックの音が聞こえた。双子は驚いて目を覚ました。ガビーは出かかった悪態を押し殺し、子供たちの胸にそっと手を置いた。心配しなくていいのよ、とささやきかけ、玄関に向かう。またしてもノックの音が響いた。

彼女は荒々しくドアを開け、押し殺した声でネイトに言った。「大きな音をたてないで！　あなたのせいで子供たちが目を覚ましちゃったわ」

彼はノックを続けるために上げていた右手を下ろした。やっぱりこのひとはハンサムだわ、と彼女は思った。その事実は認めざるを得なかった。ガビーは否応なく意識させられた――自分の髪がぼさぼさで、頬にシーツの跡が刻まれ、歯も磨いていないという事実を。

彼女はネイトに背を向け、歩きだした。ついてくるかどうかは、彼にまかせるつもりだった。子供部屋に引き返すと、アントニオは驚くほど大きな声で泣いていた。アナも、いまにも弟と同じ道をたどりそうだった。アントニオを急いで抱き上げ、上体を屈めてアナにキスをする。アナは甲高い声で笑い、アントニオも泣きやんだ。

顔を上げると、戸口にネイトが立っていた。こちらを凝視している。コットンのシャツに包まれた広い肩に思わず目が奪われる。そんな自分に腹が立った。

「何か手伝えることはあるかい？」

「コーヒーをお願い」

ネイトがキッチンに姿を消すと、彼女は十まで数を数えた。わたしは彼を意識しすぎている。この状況に慣れなくては。昨日の夜、彼ははっきり言っていたはずだ。

〝きみとぼくが結婚しても、わたしたちというものは存在しない〟

ガビーは自分に言い聞かせた――彼のプロポーズを受け入れたからといって、それ以上のものを期待してはだめ。

アントニオを床に下ろし、今度はアナを抱き上げる。すると、アントニオが脚にしがみついてきた。シャワーを浴びるのはどう考えても無理だ。子供たちを連れてキッチンに向かう。ネイトはコーヒーを淹れていた。香りを嗅いだだけで頭がすっきりしてきた。アントニオは彼女の腿に抱きついたまま、警戒心に満ちた目で父親を見上げた。父と子の目もとがあまりにも似ているため、ガビーは胸に痛みをおぼえた。

アナを抱いたままその場にしゃがみ込む。

「アナ、アントニオ。このひとはお母さんの友だちのネイトよ」彼女は英語で言った。

ネイトはガビーに視線を向け、問いかけるような表情を見せた。

「この子たちはバイリンガルに育てたかったのよ」

そう説明したとたん、頬がかっと熱くなった。彼の視線を浴びること自体が恥ずかしかった。

彼は子供たちの人生と関わることができなかった。でも、それをわたしが恥ずかしく思う必要なんてないはずよ。わたしは何とか彼と連絡を取ろうとしてきた。あきらめたのは、精神的な苦痛に耐えられなくなったあとだし。

驚いたことにネイトはしゃがみ込み、子供たちと目の高さを合わせた。「きみたちに会えてうれしいよ、アントニオ、アナ」

ガビーの表情は凍りついた。アントニオはネイトに顔を向け、満面に笑みを浮かべたのだ。

父と息子がたがいに見つめ合う。その瞬間、彼女は気づいた――どれだけ言い訳を並べようと、わたしは子供たちから父親を奪ってしまった。この罪悪感から逃れることはできないんだわ。

ガブリエラは昨日とは何かが違う、とネイトは思った。態度が穏やかになったような気がする。しかし、いまはそれを気にしている余裕はなかった。アントニオとアナに心を奪われていたからだった。どうしても二人に視線が吸い寄せられてしまう。子供たちは笑い、さまざまな表情を見せた。自分がどれほど多くものを失っていたのかに、彼は初めて気がついた。雪崩を打って押し寄せる感情を整理するには、かなり時間がかかりそうだった。

ガブリエラの助言にしたがい、アナとアントニオを招き寄せる。子供たちは彼に抱き上げられたり、彼に注目されたりすることを楽しんでいた。だが、彼はガブリエラの懇願のまなざしを見落とすことはなかった。〝あなたがここにいる、という事実に慣れる時間が必要だわ〟と彼女は無言のうちに告げていたのだ。

ネイトはガブリエラの魅力にまどわされないように努力した。彼女の首より下を見ないように自制した。彼女が身にまとっていたのは、セクシーにはほど遠い白いナイトウェアだ。しかし、どうしても記憶が甦(よみがえ)る。目に見えないものまでが頭に浮かんでしまうのだ。窓から風が吹き込むと、ナイトウェアが貼りつき、体の曲線がくっきりと浮かび上がる。彼の手はガブリエラの肌の感触を、舌はその味をいまでも覚えていた。

彼女の裏切りに対する怒りは治まっていなかった。しかし、アントニオとアナをキッチンに連れてきたガブリエラの姿を目にしたとたん、それもどこかに消えてしまった。

オートミールの準備ができるまで、朝食のテーブルではバナナとブルーベリーはどちらが美味しいか、という議論が熱く闘わされていた。ガブリエラは二人の面倒が同時に見られるように、自分の右と左に子供たちを座らせた。このシステムはたしかに機能的だったが、床が盛大に汚れることは避けようがなかった。朝食が終わると、双子はリビングを散らかしはじめた。だが、やがてガブリエラが二人を散歩に連れ出した。子供たちは外で遊び、帰宅したあとは昼寝をした。やっとガブリエラと話ができる、とネイトは思ったが、彼女は昼食と夕食の用意を始めた。そのあとは洗濯をし、乾いた服を畳み、リビングを片付け、掃除機をかけた。何か手伝おうと申し出たが、断られた。〝自分でやったほうが速い〟と考えているのだろう。双子が目を覚ますと、ガブリエラはおむつを替え、水を飲ませ、昼食を食べさせ、もう一度おむつを替え、それから……。

彼女はこれだけのことを一人でこなしてきたのか。そう考えるだけで頭が痛くなってきた。罪悪感がさらに深まる。二人の一夜限りの関係がどんな終わり方をしたのであれ、その結末は知っておくべきだったのだ。

この二年間、ネイトは手術を受け、治療に専念してきた。だが、理学療法やリハビリの途中でネットで検索をしていれば、必要な情報は手に入っていたはずなのだ。

彼はベッドをともにした女性に対して配慮を欠かしたことがなかった。相手にも快楽を与えるよう配慮し、つねに避妊を心がけてきた。しかし、女たちが彼の何に魅力を感じているのかはわかっていた。名声と財産。それは祝福であり、呪いでもあった。彼の財布の中身より彼自身に興味を示した女たちは、数えるほどしかいなかったのだ。だからネイトは、快楽を分かち合う相手とは一定の距離を保つよう注意していた。

だが、ガブリエラは例外だった。あの夜、いままでとは違う女性とめぐり会えた、とネイトは確信したのだ。その結果、彼はいつもの慎重さをかなぐり捨ててしまった。しかし、どんな理由を持ち出しても、言い訳にはならなかった。彼の胸に罪悪感が広がった。

「ネイト？」

ガブリエラの声が彼を現実に引き戻した。アナはおむつの交換の真っ最中で、ガブリエラはむずかるアントニオを腕に抱いてあやしていた。

「この子を抱いていてくれる？」

「何だって？　ぼくはいままで一度も――」

「ごめんなさい、それはわかっているわ。でも、アナのおむつは替えなくちゃいけないし、アントニオも泣きやまないから。お願い、少しだけ……」泣き叫ぶ一歳半の息子をどうやって抱いたらいいのか、ネイトにはまったくわからなかった。だが、何とか腕の中に収めることができた。アントニオは頬を紅潮させ、ぬれた瞳でこちらを見上げた。

　その瞬間、これまで一度も感じたことのない感覚が襲ってきた。子供や家族を欲しいと思ったことは一度もなかった。それは一瞬で奪い取られるものにすぎないからだ。だが、この子はぼくの息子だ。ぼくには子供がいるんだ。絆（きずな）。血のつながり。自分の人生に欠けていたものが、不意に見つかったような気がした。

　ぼくとホープを腕に抱いたとき、父さんもこんなふうに感じたのだろうか？

　ネイトの心の奥底に隠れていた蔓（つる）のような何かがゆるやかに伸び、彼自身と彼の両親を結びつけた。湿り気を帯びた熱がまぶたの奥から込み上げる。彼は震えながら息を吸い込んだ。すると、アントニオが耳をつんざくような声で泣き、ネイトを押しのけるように拳を振りまわした。

「アントニオ」ガブリエラは優しく叱った。しかし、その口調はどこか楽しげだった。

「すばらしい励ましだな」動揺を隠すため、彼は辛辣な口調で言った。

「いくらでも励ましてあげるわよ」

　彼女はそう言うと、声をあげて笑った。すると、不意にすべてが止まった。アントニオは泣きやみ、アナも体をくねらせるのをやめた。ネイトの心臓も止まりかけた。全員が彼女の笑い声に聞き入った。リビングに喜びに満ちた空気が広がり、まずアナが、それからアントニオが笑いだした。やがて、ネイトもそれに加わった。

双子をベッドに寝かせ、キッチンに向かうガブリエラを、ネイトは目で追った。疲れているようには見えなかった。彼は会社の部下が迷惑メールに指定したメールを、ちょうど読み終えたところだった。

子供たちが目を覚まさないように、低い声で彼女の名前を呼んでみた。ガブリエラがリビングから中庭(パティオ)に姿を見せた。彼女は自分がどれほど美しいかわかっているのだろうか、とネイトは訝(いぶか)った。自分の姿がどれだけぼくの心を揺さぶっているのか、自覚しているのだろうか？　しかし、彼はそんな思いを振り払った。

ワインで満たした二つのグラスのいっぽうを身ぶりで示す。彼女はネイトがベビーモニターをパティオに持ち出していることを確かめ、無言で彼の招待を受け入れた。聞こえるのはセミの声ばかりだった。

「ぼくは……」話しはじめたが、言葉が喉につかえ、彼は咳払(せきばら)いをした。「申し訳ないと思っている」罪悪感の真(ま)っ只中(ただなか)で絞り出すように言う。彼は自分の手を見つめた。恥ずかしさのあまり彼女の目を見ることができなかった。

「どういう意味？」彼女が用心深い口調で尋ねる。

「きみがぼくを必要としていたとき、ぼくはそばにいてあげることができなかった」ネイトは顔を上げ、彼女に視線を向けた。

ガブリエラは目を見開いた。

「きみのメールは読んだ」

「全部読んだの？」彼女が驚きの表情を見せる。

ネイトはうなずいた。

「何百通もあったはずよ」

「千通以上だった」彼は唇を噛みしめた。「ぼくの部下は、すべて迷惑メールだと思い込んでいたんだ。ぼくは一通も読んでいなかった」

「わたしの話がほんとうかどうか、確認したわけね？」ガブリエラが尋ねると、彼は視線を逸らした。

「きみにぼくを責めることができるのか？」ネイトはいらだちに満ちた口調で言った。今日の午後、二人の緊張はほぐれたように思われた。しかし、それはそのすべてをだいなしにするような台詞だった。

ガブリエラは彼の言葉に傷ついたようにも、腹を立てているようにも見えた。ネイトは彼女やその母親と対決したときのことを思い出した。あのとき、ガブリエラの瞳には絶望の色がたたえられていた。ぼくは誤解していたのだろうか、という思いが脳裏をよぎる。

彼女は顔をそむけ、ワインを飲んだ。再び彼の目を見たとき、ガブリエラは決意に満ちた表情を浮かべていた。

「わたしは母に言われ、あなたを誘惑するためにホテルに行ったの」彼女はネイトの目を見て言った。

「自分からそれを認めるのか？」

「ええ、何もかも母の命令だったわ。でも、わたしは命令に逆らうつもりでいた。母が何を企んでいるのか、あなたに話すつもりだったの。警告するつもりだった。でも、あなたはわたしが誰なのかに気がつかなかったわ。それどころか……」

「きみを口説いた」ネイトは彼女の言葉を補った。あのときは彼がガブリエラに言い寄った。最初は彼女もためらっていたのだ。

ネイトは首を左右に振った。この二年間信じていたことが砂上の楼閣のように崩れていく。だが、彼女が話しているのは真実なのか？　二年前は嘘をついていたはずだ。

「どうして自分の正体を明かさなかったんだ？　なぜ朝になって姿を消したんだ？」

「それは……後ろめたかったからよ。わたしはあなたをベッドに誘い込むように、母に命じられた。そして……それを実行に移した」

彼はガブリエラを凝視した。彼女の顔に浮かんでいたのは恥辱と罪悪感だった。

「あんなことになる前に、自分の正体を明かして、ホテルに行った理由を説明するべきだったわ。でも、説明したらあなたは信じてくれたのかしら？」

彼は信じなかったはずだ。いや、いまも信じていなかった。

なぜなら、目の前の女性は初めて出会ったときと同じように魅力的だったからだ。誠実さとユーモアのセンスが感じられる。彼女は刺激的だった。いっしょにいること自体が楽しかった。

しかし、彼女の正体が――そしてレナータの陰謀が明らかになったとき、彼は裏切られたという思いに打ちのめされた。他の恋人たちにも同じような目に遭わされてきたのだ。

だが、ガブリエラ・カサスは昔の恋人たちとは違う。彼女はぼくの子供の母親だ。その事実がある以上、過去はどうでもいい。ぼくがなすべきことは、すべてを最初からやり直すことだ。そのためには、彼女に指輪を贈らねばならないのだ。

ガビーがワイングラスに手を伸ばそうとしたとき、ネイトが沈黙を破った。

「そんなことはもうどうでもいい」

彼女には同意できないことだった。しかし、いま彼女が何を言っても、ネイトは耳を貸さないような気がした。

「いま重要なのはアナとアントニオだ」

それに関しては異論はなかった。けれど、結婚となると……。想像するだけで胸が痛くなる。たしかに彼女はシングルマザーだ。しかし、心の奥底では、生涯をともにする男性に出会いたいと願っていたのだ。

でも、ネイトは無理だわ。彼はわたしを信用していない。お世辞、甘いささやき、さりげないボディタッチ、欲望に満ちたまなざし——そういった手練手管も、わたしにはない。それに、このひとと結婚したら、わたしは自分自身の望みを否定することになる。ありのままの自分を愛してもらう、という望みを。

けれど、ネイトと結婚すれば、双子には父親ができる。彼は何よりも子供を優先させ、あらゆる要求に応え、全力で二人を守ろうとするだろう。

彼女の父親とは、天と地ほども違う父親になるはずだ。

「わたしは自分の両親よりもいい親になりたいの」ガビーはグラスを置いて言った。「アナとアントニオは最高の環境で育てたいのよ。そのためには、父親と母親がこの家でいっしょに暮らすべきだわ」

ネイトは勝利に酔いしれていたが、それを隠そうとしているようだった。ガビーは冷静さを保とうとした。自分自身と子供たちを皿にのせ、差し出しているような気分だった。

「あなたがわたしに何も期待していないことはわかっているつもりよ。でも、いくつか条件は出させてもらう。この条件を受け入れないのなら、この話はここで終わりにするべきね」

「条件を聞かせてくれ」

「あなたには子供たちといっしょに暮らしてもらうわ。わたしと結婚して、子供たちの父親になるというのなら、この家に移り住んで、親としての役割を百パーセント果たしてちょうだい。会議を理由に子供との約束を破る、みたいなことは絶対に認めないわ」

ガビーは校長室の前の廊下に立ち、授業が終わっても現れない母を待ちつづけたことを思い出した。

「学校の行事や発表会にはかならず出席してちょうだい」

いくら客席を見まわしても、父親の顔が見つからなかったときの胸の痛みが甦る。

ネイトは座ったまま身を乗り出し、真剣な表情で彼女を見た。「約束するよ。ぼくはここで暮らす」

ああ(ディオス)、このひとの言うことを本気で信じることさえできれば。

「もうひとつの条件は、子供たちが成人するまで、わたしとの結婚生活を続けることよ」

ガビーが提示した条件を耳にし、彼は困惑の表情を見せた。

「アナとアントニオはあなたの家族なんだから」

「わかった」

「もうひとつ条件があるわ」

子供たちのためなら、ネイトはどんなことにも同意するつもりのようだ。彼はこの問題に真剣に向き合っているのだ。

「何かトラブルがあったら、教えてもらいたいの。あなたが怒ったり動揺したりしたときは、わたしにもそのことを伝えて。母は何も教えてくれないひとだった。だから母の気分が変わるたびに、わたしは母のようすを観察したり、憶測をめぐらせたりしていた。あんなまねはもう二度としたくないの。子供たちにも、そんな目には遭わせたくないわ」

「何かあったらすぐにきみに話すよ。きみも遠慮なく訊(き)いてくれ」

「そのときは正直に話してくれる?」

「もちろんさ。それから、婚前契約書を作るつもりはないが、ぼくの財産の半分はきみのものになる」

彼女が手を振ってその提案を拒絶すると、ネイトの顔に驚愕の表情が浮かんだ。

「重要なのは子供たちよ、ネイト。それ以外はどうでもいいの」

「それなら、何も問題はないな？　ぼくと結婚してくれるかい？」

ガビーはうなずいた。自分の人生の権利を放棄する書類にサインしたような気分だった。ベビーモニターに目をやり、彼女は悲しく微笑んだ。

それでもかまわないわ。この子たちの安全が守れるのなら。

5

それから二十四時間もたたないうちに、ガビーは自分の決断を悔やむ羽目になった。

「引っ越す、ってどういう意味？」プロポーズの翌日、ネイトが有無を言わさぬ口調で転居を宣言すると、彼女はすぐさま尋ねた。ちょうど双子に昼食を与えているところだった。アントニオは首を左右に振り、すりつぶしたスプーン一杯のブロッコリーを拒絶しようとしている。

「ぼくたち四人がここで暮らせる、ときみは本気で信じているのか？」

ガビーは二年間を過ごしたささやかなヴィラを見まわした。

「ここのどこに問題があると言うの?」

「もっと広いスペースが必要だ。それに、バルセロナに近いほうが、ぼくとしても――」

彼女がスプーンを乱暴に置くと、ネイトとアントニオが驚きの表情を見せた。彼らの顔はまさに瓜二つだった。

「いやよ。お断り。おしまい。これで終わりよ。昨日の話は撤回するわ。これ以上はやっていけない。結婚の件はキャンセルに――」

「ガブリエラ――」

「わたしをそんなふうに呼ぶのはやめて。発音がおかしいわ。ガビーよ。ガビーと呼んでちょうだい」

理不尽な対応をしていることは自分でもわかっていた。だが、もう耐えられなかった。裁判のストレス。子育てのストレス。彼女の唯一の支えはこの家だった。

「ガビー?」その名を呼ぶ彼の口調はぎこちなかった。「ぼくが子供たちを着替えさせて、昼寝をさせるから、あとで二人できちんと話し合おう」

「それは結構なことね、ネイト。あなたは子供を寝かしつける方法も、この子たちの着替えがどこにあるのかも、ちゃんとわかっているのよね」

ネイトが感情を抑えようと深く息を吸う。しかし、動きだした舌はもう止まらなかった。

「たしかにバルセロナに近いほうが、あなたにとっては便利でしょう。でもそれは、わたしがここで築き上げた子育て支援のネットワークを捨てることだわ。誰がわたしに手を貸してくれるの?」

「ぼくがそのネットワークの代わりになる」

「あら、そうなの」ガビーは皮肉に満ちた口調で言った。「それなら、あとはあなたが何とかして。わたしはいま乳首が切れているから、授乳は少し休みたいの。当然、あなたが自分で――?」

「やめてくれ! わかった!」彼はあわてて応え、

それからうなずいた。「わかったよ。ここにはきみのネットワークがある。それは受け入れるよ」

ガビーもうなずき返した。

「それで、きみの……乳首はほんどうに……？」

「そんなことを知りたいの？」彼女は少し笑いながら尋ねた。

「いや、別に……」ネイトは言葉を濁し、アナのとなりの椅子に腰を下ろした。「ぼくはただ……」彼は困惑の表情で頭を横に傾けた。そのせいで、ほんとうの年齢よりもひとまわり若く見えた。ガビーは彼と二人きりで過ごした夜を思い出した。あの夜、彼女はこの男性と冗談を言い合い、笑ったのだ。彼はガビーの汚れを知らぬ体を優しく、情熱を込めて愛撫してくれたのだ。

あのときと同じように笑いたかった。魔法のような時間を甦らせ、怒りと不安を吹き飛ばしたかった。しかし、つぎの瞬間、アナがスプーンを振りまわし、あたりにトマトソースをぶちまけた。

それから数週間は同じような毎日が続いた。ガビーは自分が間違いを犯したのでは、とパニックに陥り、そのたびにネイトが彼女を落ち着かせた。

ある静かな午後、二人は子供たちに、ネイトがこれからいっしょに暮らすことを告げた。なぜなら、ネイトは二人のパパだからだ、と。まだ一歳半の子供だけあって、二人は驚くほどすんなりと話を受け入れた。

「パパ？　うん、いいよ」

ドラマチックな感情の揺れを経験するには、二人はまだ幼すぎた。幼いからこそ変化に適応し、母親の指示を受け入れることができたのだ。ガビーもネイトに自然に接するように努めた。新しい家族関係を築いていくなかで、泣いたり怒ったりすることもあるだろう。だが、希望を捨てるつもりはなかった。

ネイトは約束を守り、よき父親の役目を果たしてくれるはずだ。

そして時間が経過するにつれ、彼の主張が正しかったことを認めざるを得なくなった。四人家族が暮らすには、もっと広いスペースが必要なのだ。ガビーが後悔していると、ネイトが言った――ぼくはあの子たちの父親だ。子供たちのためならどんなことでもやる、と。そして彼は、ここから十五キロほど離れた広いヴィラの写真を見せてくれた。その瞬間に、彼の考えていることが理解できた。ヴィラは美しいだけでなく、寝室、子供部屋、書斎がそれぞれ二室あった。安全な子供用エリアが付属したプールも設置されている。全体はU字型の平屋で、大きな窓からは緑豊かな庭が一望できた。

ガビーの顔に笑みが浮かんだ。エミリーはきっとここが気に入るはずよ。子供たちもいろいろなことをして遊べるから、わたしも書斎で何かできるかもしれない。以前のように絵を描いたり、デザインをしたりする時間が作れるかもしれない。

母の裁判については、セニョール・トーレスからすでに連絡があった。レナータの弁護士は彼女の健康状態を口実に裁判の引き延ばしを図っているため、ガビーもネイトも夏が終わるまでは証言台に立つ必要はなさそうだ。最低でも二カ月は時間的な余裕があるということだ。ガビーはほっとすると同時に、解決が先延ばしになったことに腹を立てた。ほんとうなら、結婚式の準備に集中しなければならないのだ。

式まであと数週間。デザインのアイデアがつぎつぎに出てくる。しかし、本命のデザインはひとつきりだ。大学時代に考えたウエディングドレスのデザインは、これまで誰にも見せたことはなかった。けれど、いつも頭に浮かんでくる。

ガビーはドレスのアイデアを心の隅に押しやった。

これはわたしが夢見ていた結婚式にはほど遠い。でも、わたしにとっては最初で最後の結婚式よ。ネイトが本気で誓いの言葉を口にするかどうかは問題じゃない。わたしは縫い上がったこのドレスを、いつかこの目で見てみたい。自分で着る機会はないだろうけれど。

ネイトは妥協することを学びつつあった。人生初の経験かもしれなかった。彼は昔から他人を説得することが得意だった。だから他人に自分の意思を無理に押しつける必要もなかった。しかし、ガビーは彼の影響で考えを変えるような女性ではなかった。

二人のあいだに妥協点を見出すのは難しい、とネイトは思った。これはいままで経験したことのない状況だった。しかも、ガビーはことあるごとに彼の意見に反対していた。

「彼女はいろいろとつらい目に遭ってきたのよ、兄さん。急かすようなまねをするべきじゃないわ」妹のホープはネイトに言った。「兄さん自身も時間が必要なはずよ」

「ぼくは大丈夫だ。いまは健康だし、検査も定期的に受けている。医者の指示にもしたがっているんだ」

仕事の量を最低でも半分に減らすべきだ、と担当の医師たちは言っていた。スペインに着いたときは、彼もそのつもりでいた。カサス家との関わりは終わりにするつもりだった。だが、子供たちを目にしたとたん、その決心は頭から消え去った。

「早く姪っ子と甥っ子に会いたいわ」

ホープが電話の向こうから言った。彼女とルカは子供を欲しがっていたが、なかなか上手くいっていないらしい。

「わたしたちもじきにそっちに行くわ。結婚するには心の準備が必要よ。そのための時間をガビーに与えてあげて」

「式の日取りとスケジュールを決めたのは彼女なんだ、ホープ」

「だとしても、文句を言ったりしちゃだめよ」

「ぼくはそこまで面倒な男じゃない」ネイトはむきになって否定した。

「そうね。兄さんは面倒なひとじゃない。でも、頑固だし、自分の考えを優先させたがるし――」

「そろそろ切るぞ」

「ルカが〝よろしく〟と言っていたわ」彼女は告げ、ネイトは通話を切った。

　受話器を置く彼の顔には笑みが浮かんでいた。ルカ・カルヴィーノは彼の妹にふさわしい男性だ。何があろうともホープを守ってくれる。妹がルカのような夫を持ったことを、ネイトはうれしく思っていた。

　だからこそ、ガビーの兄に対しては慎重な対応が必要だった。ハビエルとはすでに一度顔を合わせていたが、あまり打ち解けることはできなかった。だが、彼らの人生は深く結びついてしまったのだ。ネイトは結婚式の誓いの言葉を真剣に捉えていた。そこには現実に裏打ちされた真実がある、と考えていたからだ。

　彼は新しい家を子供たちに見せてまわるガビーに視線を向けた。色鮮やかなワンピースを身にまとい、アナを抱え、アントニオの手を引く彼女は美しかった。ガビーがこちらを振り返り、彼に微笑(ほほえ)みかけた。息子も歓喜の表情で彼を指さす。その瞬間、ネイトの心臓は跳ね上がった。ぬくもりに満ちた何かが全身に広がり、それ以外のすべてが意識から消えた。この結婚は絶対に成功させねばならない。子供たちのためにも。全力を傾けるのだ。どんなことがあろうとも。

ガビーはあわただしく夕食の準備を整えていた。引っ越してからまだ二日しかたっていない。だが、彼女は自分と子供たちの所有物を、すべて適切な場所にしまい込んでいた。いっぽうネイトの私物は、まだ荷解(にほど)きすらしていない。写真と絵画と鉢植えで埋め尽くされガビーの部屋に比べると、彼の書斎は殺風景なままだった。

ガビーの義姉であり、インテリア・デザイナーでもあるエミリーは、引っ越しの前にヴィラを訪ね、ガビーと二人で内装を決めていた。内装の仕上がりに関しては、ネイトとしても文句のつけようがなかった。

食事の準備がひと段落ついたのか、ガビーはキャンドルや花瓶や料理に視線を向けた。ネイトも空腹に襲われた。

ガビーがナプキンを用意しようとすると、ネイトは彼女の手をつかみ、制止した。肌に火花が走ったような気がした。

「それはなくてもいい」彼は静かに言った。

「きちんとした夕食にしたいの」

「充分きちんとしているさ」ネイトは彼女の不安をやわらげようとした。これがガビーにとって重要なイベントであることは、彼にも理解できた。この数週間のあいだにいろいろなことがあったのだ。

彼女の頬に手を触れたかった。しかし、それが適切な行為なのかどうか自信がなかった。結局、態度ではなく言葉で思いを伝えることにした。

「できるだけ穏やかに対応するよ。愛想よく接するつもりだ」

「わたしの兄さんに愛想よく接するですって?」ガビーはいまにも笑いだしそうな表情を見せた。「これはどうなるか楽しみね」

「それなら、何かアドバイスはあるかい? 参考にするよ。その気になれば、ぼくはチャーミングに振る舞えるんだ。そうだろう？」ネイトが言うと、彼女は声をあげて笑った。

「そう言えないこともないわね」

「これはきみにとっても重要な問題だぞ」

「わたし……」ガビーはうなずき、声を震わせた。

「一家の主婦としてお客さんを家に迎えるのは初めてなの。母の家ではなくて、自分の家にお客さんを迎えるのよ。だから、完璧にこなしたいの」

「母親の家では、来客をもてなしたことがあるんだな？」

「ええ。でも、母はいつも〝それは違う。これはよくない。あれはないほうがいい〟と言って、ものを放り出したり、壊したりしていたわ」

「放り出す？」ネイトは仰天して尋ねた。

「母は芝居がかったまねが好きだったのよ。それも、自分以外の人間を悪役にできるようなお芝居が」

「ガビー――」

呼び鈴の音が彼の言葉をさえぎり、ガビーは安堵(あんど)の表情を見せた。ネイトは自分がレナータ・カサスと娘の関係について、あまりよく知らないことに気づいた。

彼とホープは愛情豊かな両親のもとでのびのびと育った。人生の最初の十二年間は、彼にとっては理想郷に近かった。背の高い父親は、〈ハーコーツ〉の最高経営責任者(CEO)に就任する直前だった。美しく聡明(そうめい)な母親はインテリア・デザイナーだった。

両親が交通事故で死んだ夜に、多くのものが失われた。彼と妹の人生は根底から覆されてしまったのだ。それでもネイトには、自分は両親に愛され、守られたという実感があった。ガビーはどれだけ両親に傷つけられたのだろう？

兄とネイトのにらみ合いには、とても耐えられそうになかった。ネイトとの結婚は子育てのための契約以外の何ものでもない。それでも、兄と夫の関係は良好であってほしかった。

「あの二人は仲よくやっていると思うけど」エミリーは、ワイングラスを洗うガビーの耳もとでささやいた。

背後に視線を送ると、険悪な表情で向き合う二人の男性が見えた。「あれで?」

「ネイトはイギリス人だから、あなたが考えている以上に堅苦しいところがあるのよ。それに、彼はあのハーコート家の一員なわけだし」

「どういう意味?」

「ハーコート家は何代も続く名門だから、世間からは王族並みのあつかいを受けているのよ。彼のご両親が亡くなったあとは、いっそう注目を浴びるようになったわ」

二つの棺のかたわらに立つ、ハーコート家の十二歳の兄妹の写真はガビーもよく覚えていた。それは、ネイトや妹がメディアで取り上げられるたびに使われる写真だった。写真を目にするたびに彼女の気持ちは落ち込み、事故がネイトの心にどれだけの傷を残したのかを考えずにはいられなかった。

「彼の妹のホープは、よくゴシップ記事の種にされていたわ。いまは婚約しているから、その手の記事は出なくなったけど」

メディアのやり口ならガビーもよく知っていた。だが、ネイトほどひどい目に遭わされたわけではない。くも膜下出血の件が明るみに出ていたら、どれだけ報道陣が殺到していただろう?

「それにしても、魅力的な男性ね」エミリーは言った。「とってもハンサムだし」

ガビーは頬が熱くなるのを感じた。

「ところで、ハビエルと話し合ったんだけど」

エミリーの口調が真剣なものに変わった。ガビーの心臓は不安のリズムを刻みはじめた。「何かトラブルでもあったの？」

「えっ？　いいえ、何もないわ。そうではなくて……わたしたち、あなたにウエディングドレスをプレゼントしようと思ってるの。あなたが思い描いているのとは、ちょっと違う話かもしれないけど――」

「まあ」ガビーはそう言ったきり絶句した。引き出しの中には、ウエディングドレスのデザイン画が入っている。それでも、彼女は専門店に足を運んでドレスを買うつもりでいた。エミリーに同行を頼むつもりもなかった。なぜなら……なぜなら、昔からガビーは、自分の人生に他人を巻き込むことが苦手だったのだ。

　不意に自分の結婚式が取るに足りない、ちっぽけなものに思えてきた。ネイトのせいじゃない。結婚する理由のせいでもない。わたしという人間がちっぽけだからだわ。結婚式を特別なものにしてやりたい、というハビエルとエミリーの心遣いを思うと、それだけで目頭が熱くなった。そのとき、勇気が湧いてきた。エミリーや兄さんは、わたしの考えに賛成してくれるかもしれない。

「実は、ウエディングドレスは自分でデザインしようと思っているの。大したデザインじゃないけれど――」

「すてきだわ！」エミリーは叫んだ。「デザイン画はある？　お願いだから見せてちょうだい」

　エミリーはデザイン画を見て賛嘆の声をあげ、それがガビーを大いに勇気づけてくれた。エミリーは、このデザインでドレスを作るよう強く勧めた。伝統的なスペインのレースが使われ、ネックラインも体に密着するシルエットもドラマチックな美しさに満ちている。だが、デザインの真価は、やはり実際に身につけないとわからない。結婚式への期待が少しずつふくらんでいく。だが、ダイニングルームに戻ったとたん、ガビーの興奮は消し飛んだ。ハビエルとネイトが仁王立ちになり、たがいに両手を腰にあてててにらみ合っているのだ。荒々しい言葉が飛び交う。

「違う。きみは完全に間違っている」

「ぼくが？　現実を直視しろよ、ハーコート。それはただの妄想だ」

「きみに言われたくないな。そもそも――」

「いったい何があったの？」エミリーが尋ねる。

「何でもないんだ」ハビエルは肩をすくめた。「ネイト？」ガビーも説明を求めた。

「うん？」ネイトは当惑の表情で言った。「いや、サッカーの話をしていただけさ」

「サッカー」ガビーはおうむ返しに言った。「サッカー？」

「そうだ」男たちは同時に答えた。

「サッカーの話だそうよ」エミリーはガビーに言った。彼女は二つのグラスにワインを注ぐと、男同士の会話の場を離れ、ガビーを連れて中庭に向かった。

「サッカーと言ったのはまずかったかな？」エミリーたちが姿を消したとたん、ハビエルが言った。

「だが、ほんとうのことは言えないだろう？」ネイトはネクタイをゆるめた。

「そうだな。重要なのはガビーが幸福になることだ。きみやぼくは二の次だ」

「ああ、それはさっき聞いた。異論はない。ぼくもそう考えている」

「それなのに、子供が産まれてから一年半のあいだ、自分がどこにいたのかは明かそうとしないのか？」

「ガビーには話したし、彼女は納得してくれた」

ハビエルがネイトを見返す。彼は相手の言葉を受け入れたように見えた。

「ガブリエラは……ぼくの妹は、いろいろとつらい目に遭っているんだ。母の話は、ぼくではなく彼女の口から聞いたほうがいいな。いずれにせよ、レナータ・カサスは危険な女だ。気をつけたほうがいい」

「わかった」

「本気で言っているんだぞ」

「こっちだって本気さ。それに、家族に問題を抱えているのは別にきみだけじゃない」

「ガブリエラは幸福になるべきだ、ナサニアル。安全で幸福な人生が与えられるべきなんだ。きみにそれができないのなら、妹に関わらないでくれ」

ネイトはハビエルの言葉を受け止めた。妹を持つ兄として。ガビーの子供たちの父親として。

「彼女は間違いなく安全で幸福な人生を送るんだ。ぼくにまかせてくれて」

「口に出したからには実行に移せよ」

ハビエルはそう言うと、パティオに出てパーゴラの下のテーブルに向かった。

「エミリー、可愛いひと(ミ・アモーレ)、ぼくのグラスにもワインを注いでくれないか。そもそもイギリス人にサッカーの本質を理解させるだなんて、無駄な努力もいいところだ」

ネイトは苦笑した。ハビエルには敬意を抱いていた。ガビーに妹思いの兄がいることがうれしかった。自分自身も妹を持つ身なので、ハビエルの警告も兄としての愛情の表れとして受け止めることができた。

義弟のルカ・カルヴィーノには、レナータ・カサスについて調査してほしい、というメールを送った。ルカは国際的なセキュリティ企業〈ペガソ〉の経営者だった。もはや弁護士だけで片付くような問題ではなさそうだ。彼の未来の花嫁や子供たちを危険にさらすわけにはいかないのだ。

ハビエルの言うとおりだった。レナータ・カサスは危険な女だ。警戒を怠ってはならない。ネイトは携帯電話をポケットに戻した。ハビエルとエミリーとガビーが言葉を交わし、笑い合うのを見ているうちに妹が急に恋しくなった。両親が健在であれば、彼とホープもこんな家庭生活が楽しめたはずなのだ。寄宿学校に放り込まれることも、仕事と財産と権力にしか興味のない祖父に育てられることもなかっただろう。ネイトはひそかに心に誓った。ぼくとホープが経験したような苦しみは、決してガビーや子供たちには味わわせない。どんなことがあっても。

6

ガビーは鏡に自分の姿を映し、くるりとまわってみた。自分自身を見るためではなく、ウエディングドレスの仕上がりを確かめるためだった。美しいドレスだった。彼女が生まれて初めてデザインした服だ。ハビエルが見つけてくれた裁縫師は完璧だった。わずかな時間でこれだけのドレスが縫い上がったのは、奇跡としか思えなかった。

スクープネックの縁に沿って指を走らせ、レースの刺繍(ししゅう)で飾られた身ごろに手を触れる。体を極端に締めつけたりしない、肌を愛撫(あいぶ)するような優しい着心地だった。

髪をアップにしてまとめ、目もとと唇にポイントを置いてメイクを施す。これならナリニアル・ハーコートの花嫁として恥ずかしくないはずよ、と自分に言い聞かせる。

簡素な結婚式が執り行われるのは、ビニュエラ湖を見渡す湖畔のホテルの庭園だった。母の家を出た直後、ガビーはハビエルとここを訪ねた。その時点ではまだ妊娠に気づいていなかったが、湖と山々の美しさには心を打たれた。どこで式を挙げたいか、とネイトに問われたとき、頭に浮かんだのがここだったのだ。

そのとき、背後のドアにノックの音がし、エミリーの声が聞こえた。「ガビー、着替えは終わった?」

「入っていいわよ」振り返ると、息をのむエミリーとホープ・ハーコートの顔が見えた。

「とっても……」エミリーは言葉に詰まった。

「綺麗だわ」ホープがあとを引き取る。

二人ともお世辞を言っているわけではないのだ。それに気づいたとたん、ガビーの胸は躍った。賛嘆の思いに輝くエミリーたちの瞳が、母の辛辣な批判に傷ついていた心を癒やしてくれた。

「これは誰のドレス?」素材とデザインを確かめながらホープが質問する。

エミリーは皮肉めいた笑みを浮かべた。「彼女のドレスよ」

「ええ、それはわかっているわ。わたしが知りたいのは――」

「だから、彼女のドレスなの」

ホープは驚きにあんぐりと口を開けた。「ほんとうに? あなたがこれをデザインしたの? うちで取り扱いたいわ!」ホープは双子の兄とは性格がまるで違っていた。ガビーはいまだにその事実を上手く受け止められずにいた。「バイヤーとして、これは絶対に見逃せない――いいえ、それはだめね。ごめんなさい。この話はあとにしましょう。とにかく、ウエディングドレスがとってもよく似合っているわ」

ガビーは、やがて義妹になる女性の言わんとするところを理解した。あの高級デパート〈ハーコーツ〉の最高経営責任者が、わたしのドレスを欲しがっているの？

「でも、あとでわたしの話は聞いてくれるわね？」そう言って指を一本立てるホープの姿は、アナを連想させた。

「アナとアントニオは――」

「心配しないで」エミリーがガビーの質問をさえぎった。

「あの子たちなら、わたしの夫のルカといっしょにいるわ。これは彼にとっていいトレーニングになると思うの」ホープは言った。「面倒はしっかり見ていると思うけど、念のためにわたしもようすを確かめてくるわね。ほんとうに可愛い甥っ子と姪っ子なんだから！」彼女はガビーの頬にキスをし、強く抱きしめた。

ホープが姿を消すと、ガビーはエミリーに微笑みかけた。

「いいひとね。わたし、彼女が気に入ったわ」エミリーは秘密めかした口調で言った。

ガビーもうなずいた。ホープと彼女の夫のルカは、昨夜飛行機でスペインに駆けつけた。その時点では、ガビーは先行きが見通せなかった。ホープがレナータ・カサスの娘をどう捉えているかが、わからなかったからだ。ネイトを罠にかけ、意図的に妊娠した。そう思われているかもしれなかったのだ。

ガビーは矢継ぎ早の質問を覚悟していた。しかし、彼女がホープの瞳に見出したのは、兄に幸福になってほしいという切ない思いと、新しい家族に対する親愛の情だった。ガビーはほとんど一瞬にしてフィアンセの妹が好きになった。

「ところで、ハビエルは？」

「ネイトといっしょに準備を進めているところよ」

「彼が逃げないように見張っているのかしら？」ガビーが自虐的なジョークを飛ばす。

「〝金を出すから逃げてくれ〟と頼んでいるところじゃないの？」エミリーが言うと、二人は声を揃えて笑った。

「冗談はやめてくれ、ハーコート」

「こいつはぼくの結婚式なんだ。胸に花を差せとぼくが言ったら、きみはそれにしたがうしかないのさ。そうだろう？」

「よりによってピンクの花を？」

「ほんとうの男ならピンクを恐れないはずだ」

痛いところを突かれたらしく、ハビエルは大きく息を吸うと、ボタンホールに乱暴作に花を差し入れ、ネイトをにらみつけた。それから部屋のバーコーナーに行き、グラスにウイスキーを注ぐ。

「きみも飲むか？」

ネイトは首を左右に振った。今日一日は意識を曇らせたくなかった。

「空元気は必要ない、と？」

彼はにやりと笑った。「必要ない。エミリーと結婚するときは、空元気を出していたのか？」

「違う。あのときは——」

ドアに荒々しいノックの音が響いた。それと同時にネイトの携帯電話も鳴りだす。二人は顔を見合わせた。何かあったらしい。ネイトが電話に出ると同時に、ハビエルもドアを開けた。

「レナータ・カサスだ」電話の向こうでルカが言った。「あの女がここに来ている」

「どんな手を使ったんだ？」

「警備の連中の話によると、途中で車を替えたらしい。その手で来るとは思っていなかった。まずいことになったな。ネイト、申し訳ない――」

「いや、謝らないでくれ。重要なのはあの女をガビーに近づけないことだ。それはぼくが何とかする」

通話を切り、ハビエルに視線を転じる。憤怒の表情を見るかぎり、彼も同じ情報を受け取ったようだ。

「いっしょに来てくれるか?」ネイトが尋ねる。

「当然だ」ハビエルはうなるように言った。

二人はホテルのエントランスで彼女を見つけた。美しい日射しもきらめく噴水も、怒り狂ったレナータの絶叫でだいなしになっていた。スペイン語に関しては初心者のネイトには、ありがたいことに彼女がハビエルにぶつけた言葉の半分しか理解できなかった。

レナータは、ルカの会社の私服警備員とホテルのスタッフに捕まっていた。

「いい加減にしろ!」ハビエルが叫ぶと、彼女は静かになった。

「こんなところで何をしているんだ、レナータ?」ネイトは尋ねた。

「もちろん、愛する娘の結婚式に出席するために来たのよ」侮蔑に満ちた調子で彼女は答えた。

「結婚式なのに白い服を着てきたのか?」ハビエルが吐き捨てるようにつぶやいた。ネイトはそのとき初めて、レナータがウエディングドレスと言っても通るような、純白のドレスを身にまとっていることに気づいた。

レナータと息子は早口のスペイン語で口喧嘩を始めた。

ネイトは、相手にするなと身ぶりでハビエルに示すと、レナータに向き直った。レナータをまじまじと見つめる。傲慢と侮蔑と怒りが毛穴からしたたりそうな表情だった。愛情深い母親であるガビーとは似ても似つかない。

「わたしは娘のためにここに来たの。こういう場に母親が出席するのは当然のことだわ」

「あなたの言うとおりだ。こういう場では、彼女を愛し、彼女の幸福を願うひとびとにガビーはかこまれるべきだ。母として、妻として、一人の女性として生きる彼女のそばにいてくれるひとびとに」

「どうやら、わかってくれたようね」

「わかっているとも。あなたがそういうひとびとの一人ではない、ということはね。過去においても、未来においても、あなたはその中に含まれないんだ」ネイトは足を一歩前に踏み出した。心臓が激しく脈打っている。怒りはいまにも爆発しそうだった。

「あなたが彼女をこれ以上傷つけることを許さない。ぼくは全力でそれを阻止する」

彼はルカの部下に視線を転じた。

「彼女を車に乗せて、家まで送るんだ。夜まで外に出ないように見張っていてくれ」

「あなたにそんなまねをする権利はないわ。それは法に反する行為よ。警察を呼ぶわよ！」

ネイトはうなずいた。「そのとおりさ」彼はルカの部下に再び顔を向けた。「彼女の携帯電話は預かっておいたほうがいい」

彼はレナータに背中を向けた。彼女は怒りに金切り声をあげたが、とことん無視した。携帯電話を取り出し、弁護士に連絡する。スペインの警察から電話があった場合は、接近禁止命令の適用を試みるよう指示した。また、事件の証人としてホテルのスタッフが使えそうであることを説明した。

「警察がレナータの訴えを聞き入れた場合、全責任はぼくが負う。とにかくいまは、結婚式を無事に終わらせたいんだ」

通話を終えると、ハビエルがこちらを見ていた。

「本気なのか？」ハビエルが尋ねる。

「ぼくは自分の言葉にはつねに責任を持ってきた」

「ガビーに関しても？」

「もちろんだ」ネイトはためらうことなく答えた。彼女はぼくの子供たちの母親だ。もうすぐぼくの花嫁にもなる。彼女と子供たちを守るのはぼくの役目だ。そのためにはどんな犠牲も払うつもりだ。

ガビーはいつのまにか湖を見つめていた。波ひとつ立たないガラスのような水面には、遠くの山々が映っている。いまはその湖のような心の静けさが欲しかった。

ホープの夫のルカが現れ、かたわらで足を止めると、ガビーは無理に微笑んだ。

「あなたが警備員の仕事をする必要はないわよ」

「別にそういうつもりでは――」

「母がここに来たの？」

ルカは彼女に目をやり、それから湖に顔を向けた。

「そうだ」

ガビーはため息をついた。あまり驚きはなかった。彼女の人生はおおむねこんな感じだったからだ。

「わたしが十六歳の誕生日を迎えたとき、母は自分が〝女〟と呼べる年齢の娘の母親である、という事実に不安を感じるようになったらしいの。それで、わたしの親友の父親を誘惑し、二人でベッドに入った。そして、その現場を親友の母親に見つかってしまった」

思い出すだけで体が震えた。しかもこの一件で、彼女は数少ない友人の一人を失ってしまったのだ。屈辱、怒り、恨み、自己憐憫（れんびん）――ガビーの人生には、つねにそういった感情がつきまとっていた。やがて彼女は期待することをやめた。希望を持つこともやめた。

「今日、母が何を考えていたのかも、わたしにはさっぱりわからない」

「いまネイトとハビエルが対処している。じきに彼女も家に帰るはずだ」

「いまだけよ。先のことはわからないわ」

ルカも彼女の言葉に同意した。しばらく沈黙が垂れこめたが、そこには違和感があった。やがて彼女はその理由に気づいた。

「あなたはわたしの母を庇(かば)おうとはしないのね」

ルカはうなずいた。「悪い母親がどんなものかは、ぼくも知っている。そういう母親を擁護することはできない。たいていの人間には美点があるものだが、それがまったくない者もいる。要するに、悪い親たちには弁護に値しないんだ」ルカはわたしの父がこの場にいないことにも気がついているのかしら、とガビーは訝(いぶか)った。

彼女の父は花を贈ってくれた。愛らしいブーケに添えられたメモには、こう記されていた。

　おまえの特別な日が、最高の日になることを祈っている。

誕生日のカードと差し替えることができそうな文面だった。

どうしてわたしの両親は、普通の親たちとこんなに違っているの？　ガビーは胸が裂けるような痛みをおぼえた。でも、それこそがルカの言っていたことではないの？　〝悪い親〟に苦しめられていたのは、わたし一人じゃない、ということでは？

彼女はルカに好感を持っていた。ネイトの妹にはうってつけの男性だ。温和で堅実な性格が、ホープの心を引きつけたのだろう。

「家族とは自分の力で築くものだ」彼は子供たちと遊ぶエミリーやホープに視線を向けた。花やツタで飾られたアーチの下には、式の開始を待つ牧師の姿も見えた。「見たところ、きみは最高の家族に恵まれているようじゃないか」

ルカの言葉に、彼女は思わず微笑んだ。

「あそこにいる誰もが、きみや子供たちを守るために自分を犠牲にする覚悟ができている」彼はガビーに視線を戻した。「嘘じゃない」

そのとき、ホテルの陰からネイトとハビエルが姿を現した。タキシードに身を包み、サングラスをかけた二人は目も眩むほどセクシーだった。

ネイトとハビエルの視線は、庭園のバージンロードの先に向けられていた。庭園の端と端に隔てられていても、ネイトの美しさは彼女の心に響いた。わたしはこのひととホテルで一夜を過ごしたんだわ。法廷で母と対決したのも、わたしの子供たちの父親も、わたしが生涯をともにするのも、このひとなんだわ。

わたしたちの新婚初夜は、いったいどんなものになるの？　それを考えるだけで体に震えが走った。

そのとき、子供たちの笑い声が聞こえた。ガビーは自分が今日ここにいる理由をあらためて思い出した。子供たちを守るため。そして、彼らに母親よりも幸福な人生を歩んでもらうためだった。

「行こうか？」ルカは言い、腕を差し伸べた。

ネイトはハビエルとともにバージンロードに近づくと、庭園を見まわしてガビーを探した。最初に目に入ったのは、エミリーやホープと遊ぶ子供たちだった。アナがこちらを見上げ、満面に笑みを浮かべて手を振ると、胸が高鳴った。

ハビエルがバージンロードの手前で足を止めると、ネイトは彼にまなざしを向けた。

ハビエルがにやりと笑う。「ぼくと二人でここを歩くか？」

「それはぼくの役目だ」二人の前に現れたルカが言った。「ガビーが現れるまで、きみはもう少し待たなければならないぞ。さあ、行こう」彼はバージンロードの先を身ぶりで示した。そこには花で飾られたアーチがあり、その下には牧師がいた。

「ほら、そろそろ行かないと」ハビエルが笑いながらうながす。ネイトはルカとともに牧師に近づいた。いらだちを抑え、彼は数えるほどの招待客に微笑みかけた。

たまたま近くに来たホープがルカに頬を寄せ、くちづけをし、招待客のあいだから歓声があがる。妹と夫のあいだに通い合う自然な愛情に、ネイトの胸は締めつけられた。

〝わたしたち〟というものは存在しない。かつて彼はガビーにそう言った。それは彼の本音だった。リスクは冒したくなかった。ガビーと深く関われば、彼の心は無防備にさらけ出される。そんな状態では生きていけない。ネイトは結婚という契約を神聖なものだと考えていた。妻は敬うつもりでいた。別の女性と関係を結ぶ気など論外だ。だが、子供たちが大きくなったら？　アナとアントニオが成人したとき、彼とガビーは——

そのとき、ウエディングドレスをまとったガビーの姿が目に入った。ネイトはこの世界の底が、一気に抜け落ちたような気分に襲われた。

タキシードの下で肌が熱を帯び、汗が背中を伝った。彼は拳を握りしめた。そうしないと、ばかげたまねをしてしまいそうだった。彼女に手を伸ばし、強引に抱き寄せ、そして——

「サングラス」ルカがささやいた。

「何だって？」

「サングラスを外すんだ」

サングラスを取り、ガビーと目を合わせる。二人のあいだに電流のようなものが走る。二年前、ホテルのバーで初めて出会ったときのことを思い出す。あのとき、彼女も感じていたはずだ——おたがいを引き寄せ、結びつける力を。ガビー以外の女性には、一度も感じたことのない感覚だった。

ガビーは唯一無二の存在だ。他の女性のことなど、きれいさっぱり頭から消えてしまう。いまはあえて視線を逸らしているようだ。ネイトとの絆を断ち切ろうとしているのだ。

彼女は目も眩むほど魅力的だった。髪は高く結い上げられ、こぼれ落ちた房が風に揺れている。派手すぎないメイクが持って生まれた美しさを引き立てていた。ネックレスもイヤリングも、そして婚約指輪も身につけていない。いや、ジュエリーなど必要ない。彼女自身が宝石なんだ、とネイトは心の中でつぶやいた。ガビーはまばゆい光を放っていた。

彼女はバージンロードの端にたどり着くと、ブーケをアナに手渡し、アントニオにキスをした。

ぼくを見ろ、とネイトは無言で彼女に命じた。ぼくを見るんだ。

先ほどの感覚を――あの衝撃をもう一度味わいたかった。幻覚ではなかったことを確かめたかった。彼は死から生還する際に、二百ジュールの電気を体で感じたのだ。ガビーのもたらした衝撃がどの程度なのかは、的確に把握しているつもりだった。

ぼくを見るんだ。

ガビーはようやく背筋を伸ばし、二段の階段を上り、彼のかたわらに立った。

何ということだ。

それはネイトの想像を超えていた。凄まじい衝撃が襲い、危うくその場に倒れそうになった。

牧師の言葉は耳に入らなかった。あとになって、参列者たちが彼に告げた――すばらしい結婚式だった。感動的だった、と。だが、あのとき彼の目はガビーだけを見つめ、耳は彼女の声だけを聞いていたのだ。

「ネイト？」牧師がうながす。

「えっ……？」彼は現実に引き戻された。参列者たちのあいだに笑い声がさざ波のように広がる。

「誓いの言葉は?」

「ああ、そうか。誓いの言葉か」

笑い声がさらに大きくなり、ネイトはわれに返った。果たすべきことを果たさなければ。

「ガブリエラ……」彼は耳の奥に心臓の鼓動を感じた。「死ぬまできみを大切にするとか、きみを抱きしめるとか、出来合いの台詞(せりふ)を並べ立てるのは簡単だが、こんな使い古された言葉はきみには——ぼくたち二人にはふさわしくない」

彼女ならわかってくれるはずだ。愛を言葉にすれば嘘になるということを。

「だから、ぼくはきみにこう約束する。ぼくはきみの子供たちの父親になる。きみのそばを離れず、子供たちが最高の自分になれるように力を合わせて導く。どんなときでもきみと二人で歩み、きみを励まし、きみの力になる。きみと話し、きみの言葉に耳を傾け、きみを大切にする。何が起ころうと、ぼくはきみが求める力になり、慰めになり、助言役になり、仲間になる。ぼくのすべてはきみのものだ。いまも、そしてこれらも」

一瞬、あたりが静まり返った。つぎの瞬間、誰もが吐息を漏らした。やがて誰かが笑い、別の誰かが拍手をし、子供たちの一人が泣きだした。しかし、ネイトの目に映ったのはガビーの瞳に浮かぶ涙だけだった。場違いなことは言っていない、と信じたかった。正しいことを口にしたのだ、と。喉を締めつける不安がやがて消え去り、彼は深く息を吸い込んだ。

「ナサニアル……」

ガビーは言いかけ、いったん言葉に詰まり、それから話を続けた。

「あなたと同じように、わたしも今日だけは出来合いの言葉は使いたくないわ。あなたの誓いの言葉はわたしに、そしてわたしたちにふさわしいものだと思うの。だから、わたしも自分の言葉で誓うわね。わたしはあなたと二人で子供たちを愛し、何が正しく何が間違っているかをあの子たちに教え、自分自身を自由に表現できるように励ます。喜び、悲しみ、考えをあなたと分かち合い、あなたの喜び、悲しみ、考えも二人で共有する。病めるときも健やかなるときも、わたしはあなたの重荷を自分の重荷として受け入れる。あなたがわたしの重荷を受け入れてくれるように。愛はさまざまな形を取るけれど、わたしたちの愛は家族という形で現れたのよ」

ガビーはそう言って誓いを締めくくった。彼女の言葉には、二人にしか理解できない意味が隠されていた。それに気づかなかった参列者たちは、彼女に大きな喝采を送った。

牧師はさらに式を進めたが、彼の言葉はネイトの耳にはまるで入ってこなかった。だが、最後のひとことは頭の中で大きく鳴り響いた。

「花嫁にキスを」

美しい誓いの言葉のあとには、純粋で優しいくちづけが来るものだ。しかし、これはそういう結婚ではない。二人がたがいの距離を詰める。慎み深いキスにとどめるつもりだった。だが、唇が触れ合った瞬間に、その決心は吹き飛んだ。

首筋が燃えるように熱くなり、胃のあたりに緊張の塊が生じる。必死で自分を抑えた。ガビーを招待客の目の前で思いきり抱きしめてしまいそうだった。彼女も同じ衝動に襲われているのだろう。唇を開き、喘(あえ)ぎ、体を押しつけてきた。

ガビーが衝動に屈し、彼にぐったりと体を預ける。たちまちネイトは欲望の虜(とりこ)になった。満たされぬ思いが全身を駆け抜ける。唇を離すことができなかった。両手が勝手に動きだし、彼女を抱き寄せる。ガビーがみずから体を密着させてきた。そのとき、耳の奥の心臓の音をかき消すように招待客の歓声と口笛が響き、ネイトはキスを中断した。

彼はゆっくりと顔を上げた。ガビーとのあいだに引いたはずの境界線は、すでに完全に消え去っていた。もはやそれを取り戻すすべはなかった。

7

あのあと式がどうなったのかは、ガビーにもよくわからなかった。気がついたときには、テーブルに座っていた。アナとアントニオは大騒ぎをしている。唇は疼き、胸の鼓動はでたらめで、肌は熱を帯びていた。彼女はネイトの手で情熱の海に投げ込まれた。いまにもこの海に沈んでしまいそうだった。

どうしても彼を目で追ってしまう。離れていても彼を肌で感じ取ることができた。あのキスによって、強い絆が二人のあいだに結ばれたような気がした。二人は法律と感情だけでなく、肉体を通じて結びついているのだ。ガビーの体は初めての夜を覚えていた。あの夜、彼女は快楽を味わうと同時に双子を授かったのだ。招待客はシャンパンで祝杯を挙げ、カナッペを楽しんでいたが、ガビーは二年前のキスと先ほどのキスのはざまで、体をわななかせていた。

食事が始まると、アナがネイトの体に腕をまわした。抱き上げてもらいたいのだろう。ネイトが宝物でも見るような目で娘を凝視し、エミリーの膝の上からすくい上げると、ガビーの心臓は止まりそうになった。

いっぽうアントニオはガビーの膝にのってきた。反射的に両腕を腕を伸ばし、捕まえると、アントニオは母親に体を密着させた。父親と母親はそれぞれ子供を抱いたまま、顔を見合わせた。その瞬間に、二人は理解した。過去に何があったにせよ、未来に何が起きるにせよ、自分たちが下した決断は間違っていなかったのだ、と。

ネイトが彼女のとなりの席に移動する。ガビーは彼の肩に頭をのせたい、という衝動と必死で闘った。

「きみは疲れているな」それは質問ではなく断定だった。

「そんなことないわ」ガビーは無理に微笑(ほほえ)んでみせた。

何かが彼の目の中で閃(ひらめ)いた。何を考えているのか訊(き)こうとすると、ハビエルがひとびとの注意を集めるためにフォークでグラスを軽くたたいた。スピーチを始めるつもりのようだった。ガビーは椅子の背もたれに体を預けた。ネイトを新しい家族の一員として歓迎する、というハビエルの話を聞きながら、彼女は息子の体を優しく揺すった。

〝家族とは自分の力で築くものだ〟ルカはそう言っていたはずだ。

それは心に刻むべき言葉だった。ガビーはネイトに目をやった。彼は妹を心から愛していた。しかし、アナとアントニオには、もっと大きなものが与えられるべきだ。あの子たちは、いずれそれを手に入るはずよ――いつしかガビーはそう信じはじめていた。

ネイトは最後の電話を終えた。これで計画の準備は整った。これが浪費であることはわかっていた。けれど、ガビーと子供たちには――ぼくたちには、それだけの価値があるんだ。

「こんなところで何をしているの？　そろそろお客さんが帰る時間よ」

振り返ると、妹がいた。午後の日射しを浴びて庭園を横切り、こちらに近づいてくる。ホープのきらめく瞳と紅潮した頬を目にし、ネイトは安堵をおぼえた。妹は甥や姪を始めとする新しい家族との触れ合いを楽しんだのだろう。

「何を企んでいるの？」

「おまえには関係のないことさ。ハネムーンのプランだからな」

「ハネムーン？　このあとは家に帰るんじゃなかったの？」

「急に考えが変わったのさ」

「それは注意が必要ね。ガブリエラ・カサノは、土壇場で予定が変わることを喜ぶ女性じゃないわよ」

「ガブリエラ・ハーコートだ」ネイトはそう答えると同時に、自分の独占欲の強さに仰天した。

パーティの会場に戻ると、ホープは兄に微笑みかけた。「そうね。彼女はもうハーコート家の一員だわ」

ネイトはあたりを見まわし、ガビーを探した。すると、彼女がこちらに視線を向けた。牧師にキスをうながされた瞬間から、彼女とは見えない糸で結ばれているような気がした。彼をつねに引き寄せるのはこの糸なのだ。

二人は牧師やホテルのスタッフに別れの挨拶をした。そのあいだネイトは、ホープの警告を考えまいとした。最後の招待客が去ると、ガビーは疲れたような顔で言った。「家に帰りましょう」そのとき彼は、自分が大きな失敗を犯したことに気づいた。

ネイトはたじろぎ、そして言った。「実は……」

ガビーは腹を立てていた。しかし、波を切り裂いて進むモーターボートの上で、子供たちを抱いたまま怒りつづけるのは難しかった。全員がライフジャケットを身につけている。モーターボートの操縦士から事前に説明があったように、〝絶対に安全〟なことは承知していた。子供たちだって喜んでいる。それでも、ガビーは腹を立てていた。

とにかく家に帰りたかった。いつもの場所といつもの暮らしに戻りたかった。これから何週間かは、ネイトと二人で少しずつ結婚生活に慣れていくのだろう。彼女はそう考えていたのだ。

ネイトは不安の面持ちで何度も視線を投げかけてきたが、彼女はそれを徹底的に無視した。このひとは自分勝手で、他人の気持ちを考えていなくて、こんな馬鹿なことを……。わたしは別にハネムーンや夫を望んでいたわけじゃない。ネイトなしでも問題なくやっていける。そのとき、父親の膝の上ではしゃぐアントニオが目に入った。喜びの表情を浮かべ、風を受けながら歓声をあげている。ガビーは気持ちを切り替えようとした。両親が揃っているのは、子供たちにとって望ましいことだ。ただ、彼女が求めていたのは、ここまで横暴でハンサムな父親ではなかった。

ハネムーンはなくてよかった。これは普通の結婚ではない。薔薇の花びらも、ロマンスも、シャンパンも、ダイヤモンドの指輪も関係ない。ガビーは分不相応な指輪を手で隠した。ハネムーンなど欲しくなかった。こんな経験をしたせいで、より以上の何かを望んでしまうことが怖かった。

モーターボートは、スペインの南の沖合の小さな島に着いた。島は海に浮かぶ城のようだった。クロームとガラスの建物もちらりと見えたが、それさえも自然豊かな景観と調和している。

綺麗な島ね、とガビーは腹立たしげに思った。こんな場所に来たかった――もしわたしがほんとうに……。彼女はそこで唇を噛んだ。島の美しさにアナが喜びの声をあげると、無理に微笑んでみせた。

操縦士は桟橋にモーターボートを接舷させると、荷物を降ろすガビーたちに手を貸した。すでに日は暮れはじめていた。木製の桟橋の両端に沿って小さなライトが連なり、その先の階段の向こうにはおとぎ話から抜け出してきたようなヴィラが見えた。

「着替えはどうするの？」ガビーはヴィラに向かう途中で尋ねた。

「荷造りしてここに運び入れるように指示しておいた」ネイトが答える。

「子供たちに必要なものは？　おむつとか、ティッシュとか、玩具とか――」

「全部ここにある。心配しないでくれ」

パニックがガビーを襲った。「アントニオのブランケットは？　あの子はあれがないと眠れないのよ」泣き叫ぶアントニオを想像するだけで、彼女はぞっとした。「それに、アナも――」

「アントニオのブランケットも、アナの音の出る玩具もこの家にある」ネイトは彼女に手を差し伸べた。「頼むから中を見てくれ。きみが気に入らなければ、明日の朝にはここを出よう」

「どうしてこんなことをしたの？」

「それは……」彼は言いよどみ、深く息を吸うと、アントニオを腰で抱き直した。「きみのために何かしてあげたかったんだ」

それだけ言うと、ネイトは彼女をあとに残して歩きだした。

何もかも彼の言ったとおりだった。必要な品はすべて揃っていた。アナの玩具も、アントニオのブランケットも。

疲れ果てていたため、子供たちを寝かしつけるときも着替えようとは思わなかった。眠りに落ちる直前のアナが腕を伸ばし、布地に触れ、〝可愛い（ボニート）〟とささやいたとき、自分がウエディングドレスを着たままだったことに初めて気づいた。それは彼女が耳にした中でいちばんの賞賛だった。ガビーは部屋を出ると、ネイトを探した。

彼は天井から床までを占める窓の前に立ち、目も眩（くら）むような夜景に見入っていた。ネクタイを外し、シャツの袖をまくり上げた姿はたまらなくセクシーだった。

できるものならこのまま自分の部屋に引きこもり、二度と彼と顔を合わせたくなかった。しかし、彼女のドレスにはひとつ大きな欠点があった。誰かの手を借りない限り脱げないのだ。

ネイトは窓ガラスに映る彼女の姿に気づいたようだった。彼女が近づくのを待っているのだ。ガビーは思わず視線を逸（そ）らした。これだけのプレゼントを贈られたというのに、不機嫌な顔をしているのはあまりにも無作法だ。でも、どうやって彼に説明すればいいの？　許されないことまで望んでしまいそうなことを？　そのせいで胸が痛いことを？

「あの……」彼女は咳払（せきばら）いをした。「頼めるかしら……？」

彼は振り返り、尋ねた。「ぼくの助けが必要なのか？」

ガビーがうなずくと、彼はシニカルな笑い声をあげた。

「ドレス？　脱ぐのに手助けが必要なのか？」ネイトは腹立たしげな表情を見せた。

「ネイト」彼女は疲労を感じながら言った。「あなたが何を言いたいのかも、あなたがなぜ腹を立てているのかも、わたしにはわからない。あなたは予定をまるごと変更して、何もかもひっくり返し――」

「ぼくが腹を立てているのは、きみがぼくの助けを拒むからさ」

ガビーは身を硬くした。彼女が理解できていないことに気づいたのか、ネイトは首を左右に振った。

「きみはぼくに子供たちの面倒を見させようとしない。きみはぼくが手伝うことを拒否している。ぼくに合わせて生活習慣を変えようともしない。きみはぼくを受け入れようとしないんだ」

彼の言うとおりだった。ガビーはその事実にショックを受けると同時に怒りをおぼえた。「子供たちのために結婚したいとあなたが言うから、わたしはそれを受け入れた。わたしはいまの生活に慣れようとしているの。これは簡単なことじゃないのよ、ネイト」

彼女はネイトに背中を向けた。悔し涙が込み上げてきた。彼女は涙を見られる前に部屋に戻ろうとした。

「ドレスを」背後から彼が言った。

「引き裂いて脱ぐわ」ガビーは叫び、すすり泣きを押し殺した。子供部屋のとなりの部屋に足音を忍ばせて逃げ込む。ベッドに散らされた薔薇の花びらを見ると、それだけで腹が立った。ベッドサイドのアイスバケットにはシャンパンのボトル。そんなものは窓から投げ捨ててしまいたかった。

涙があふれてきた。声を出さずに泣いた。それは子供のころに身についた習慣だった。熱い涙が頬を伝う。背中のファスナーを下ろそうとした。喜びをもたらしてくれたドレスが、不意にどうでもよくなった。力まかせに布地を引き裂く。

やがてガビーは、裂けたシルクとレースから体を引きずり出し、すすり泣いた。胸いっぱいに空気を吸い込んだ。シャワーを浴び、メイクを落とし、涙が乾くまで待った。

薔薇の花びらを無視し、サテンのシーツのあいだに体を滑り込ませる。まぶたを閉じ、何とか眠ろうとした。しかし、頭の中ではネイトの言葉が何度もこだましていた。

〝きみはぼくが手伝うことを拒否している……きみはぼくを受け入れようとしないんだ〟

閉じたまぶたから涙がひとしずくこぼれる。ガビーは気がついた――自分がひとに助けを求める方法を知らない人間だということに。たまらなく悲しかった。

一時間後、ネイトがそっとガビーの部屋のドアを開けた。起こしたくなかったので、中には入らなかった。ガビーは真っ赤な薔薇の花びらにかこまれて眠っていた。やがて月が頭上を通り過ぎるころ、彼は部屋を離れた。

ネイトはエスプレッソのカップを強く握りしめた。眠気をこらえるには、カフェインに頼るしかなかった。昨日の夜は新婚初夜としてはあまりにも異様だった。だが、生涯独身をつらぬく予定だった男にとっては、驚くほどのことではなかった。昨夜は一睡もできなかった。過去の記憶を思い出しながら、ベッドの中で寝返りを打った。キス、結婚式、二人が分かち合った二年前の夜。そして、彼女に告げた言葉。怒りにまかせて口走った言葉。あんなことを言うべきではなかった。ガビーは譲歩してくれる、と彼は考えていた。少しずつ心を許し、子育ての一部をまかせてくれるのでは、と。しかし、彼女は期待に応えてくれなかった。いや、状況はむしろ悪化している。

彼女はぼくを信じていないのでは。そんな恐怖が胸に広がったのは、午前三時ごろだった。彼女は決してぼくに子供たちをまかせてくれないのかもしれない。一度くも膜下出血で倒れた男は――健康面に不安のある弱い男は信頼できない、と考えているのでは。彼女が発作の話を誰にもしないのは、それが理由なのか。相手の弱みを探り出し、出し抜こうとするのは、何もビジネスの世界に限った話ではない。だが、ガビーに父親としての能力を疑われるのは、あまりにも……。

「おはよう」ガビーがキッチンに現れ、静かな声で言った。

ネイトは振り返った。彼女の顔に目をやり、昨夜の苦悩の跡がないか確かめている自分に腹が立った。アナとアントニオの姿は見えなかった。

「子供たちはまだ眠っているわ。ほとんど奇跡ね。よかったわ。おかげであなたと二人きりで話ができる」

彼はうなずいた。何を言われても受け入れる心の準備はできていた。ネイトは彼女の意志の強さに敬意を抱いていた。底なしのエネルギーを高く評価していた。何よりも彼女が美しいことは、決して否定できなかった。

ガビーはキッチンに足を踏み入れ、豪華なオークのテーブルに腰を下ろした。窓からは穏やかな朝の日射しが降りそそいでいる。彼女はまるで夏の妖精だな、とネイトは思った。

彼も反対側の椅子に座った。

「わたし、あなたに謝らなくちゃいけないわ」ガビーが言うと、彼は即座に首を左右に振った。

「いや、そんなことはない」

彼女はネイトの目を見つめ、真剣な表情で言った。

「いいえ、謝るべきなのよ」

「ガビー――」

「ネイト、お願いだから(ポル・ディオス)最後まで話させて……」

「すまない」彼は謝罪の意味を込めて両手を上げ、出かかった言葉をのみ込んだ。

「あなたの言ったとおりだわ。わたしはあなたの助けを拒否していた。わたしはそれを受け止めることができなかったのよ。わたしが育ったのは、無条件で何かが与えられることのない家だった。何かが与えられた場合、あとで奪い返されるか、恩に着せられるかのどちらかだった」

話を聞いているうちに、レナータ・カサスに対する怒りの炎がさらに激しく燃え上がった。

「そのくせ、わたしが助けを求めても誰も相手にしてくれなかった。妊娠をあなたに知らせることができなかったときは――」彼女がそう言うと、ネイトはあらためて恥ずかしさに打ちのめされた。「わたしは兄のハビエルに頼るしかなかった。兄は無神経なことを言うひとではないけれど、それでもわたしは不安だったわ――兄はわたしと子供たちを重荷に感じるようになるのでは。いつかはわたしたちを嫌うようになるのでは、と」

感情の高ぶりでガブリエラの頬は紅潮していた。ぼくのせいだ、とネイトは思った。ぼくが彼女を蔑ろにしたからだ。すべてを知らねばならない。すべてに耳を傾けねばならないのだ。罰を受けるためではなく、彼女が味わった苦しみを心に刻むために。

「あのころはつらかったわ……」

ガビーは何とか思いを言葉にしようとしているようだった。真実を知りたい、とネイトは思った。二人が未来に向かって進むためには、彼女がすべてを明かさねばならないのだ。

「兄の援助を受けるのがあたりまえになったとたんに、それが打ち切られる――そんな展開が怖かったのよ。そして、あなたが姿を現した……書類にサインをしても、指輪をはめても、あなたがそばにいてくれるとは思えなかった。それは、わたしの父が姿を消してしまったせいなの。父は再婚をして、別の家族を持つようになった。母は三回結婚しているから、もともとあまり当てにしていなかったし。だから……」

ガビーの言葉はそこで途切れた。ネイトはテーブルごしに腕を伸ばし、彼女の手を握りしめた。ガビーが急にか弱い女性に見えてきた。

「ぼくはそんなまねはしない」彼は誓った。

彼女はネイトの手を振り払おうとした。

「ガビー、何があろうとぼくはきみを守り、経済的にきみを支えるつもりだ」

「お金の話をしているんじゃないわ」

「そうだな。たしかにこれは金の話じゃない。だが、金銭の問題は明細書で確認できる。ヴィラはきみの名義だし、きみと子供たちのために口座も開設した。その口座にはぼくはアクセスできないし、解約することもできない」

彼の言葉がガビーの心の痛みを癒やしてくれた。だが、問題の一部しか解決されていないことは、おたがいにわかっていた。

「ぼくは夫としても、父親としてもきみを支えるつもりだ。これに関しては、毎日の働きを通してきみに認めてもらうしかないな。だが、そのためにはきみの信頼が必要なんだ」

彼女はネイトの口調に秘められた懇願の思いを感じ取った。少なくとも彼には、チャンスを与えるべきなんだわ、とガビーは思った。

「でも、わたしや子供たちの人生を左右するような決断を、あなた一人で下すのはやめて。あなたはあの子たちのことを、何もかも知っているわけじゃない。子供たちが水を怖がっていたらどうするの？　アントニオが自分のベッドでしか寝られない子だったら？　アナがアレルギーだったら？」

ネイトは彼女の言わんとするところを理解したよ

うだった。自分自身を恥じているようにも見えた。

「わたしたちはいろいろと話し合うべきね、ネイト。決断を下す前に、情報を分かち合わないと」

彼はガビーの目を見返した。「きみの言うとおりだな」

彼女はうなずいた。

「ガビー、きみに話さなければならないことがある。きみの母親が——」

「昨日、ホテルに来たという話ね。知っているわ」

ネイトは顔をしかめた。上手く隠せていた、と思い込んでいたのだろう。「式をだいなしにしたくなかったんだ」

「二人で力を合わせていれば、もっと上手く対処できたんじゃないかしら？」しかし、彼は彼なりのやり方で花嫁を守ろうとしたのだ。それは彼女にも理解できた。

「アナとアントニオは、レナータに会ったことがあるのか？」

「わたしが母のところを出たのは、あなたが訪ねてきた夜のことだった。それ以来、わたしは一度も家に戻っていないわ。母は自分から連絡を取ろうとしないし、わたしも母とは話をしたくなかった。裁判所に行くまでは、顔を合わせることすらなかった……だから、あの子たちは祖父母と一度も会っていないわ……」

「最初からやり直そう」彼は両手でテーブルをたたいた。「この家にはシェフとハウスキーパーがいる。これから二週間、ここでの暮らしを思いきり楽しむんだ。そして、ぼくたちと子供たちの新しい生活のパターンを見つけ出す。不安もストレスもない、四人がひとつのチームになれるやり方を探すんだ」

「チーム？」ガビーはその言葉を口に出してみた。上手くいきそうな気がしてきた。時間さえあれば、支えさえあれば、そして信頼さえあれば。「チーム」

彼女は一度目より強い決意を込めて、同じ言葉を繰り返した。

彼らはプランを実行に移した。

双子の面倒を同時に見るのは簡単なことじゃないな、とネイトは思った。しかも、子供たちはすでに水を恐れなくなっているのだ。しかし、手間のかかることだったからこそ、それを通じてネイトとガビーの心の距離はぐっと縮まった。料理や掃除を他人まかせにできるのもありがたかった。

おかげで、全員でゆったりできる時間が確保できた。家事の負担から解放され、ガビーの目の下のくまも消えはじめた。四人は浅い子供用プールのまわりでのんびり過ごした。双子はすでにネイトになついていた。

夜になり、双子を寝かしつけると、二人はテラスで夕食を楽しんだ。そのころには暑さもやわらぎ、あたりにはブーゲンビリアの香りが漂い、セミの鳴き声が響いていた。

イギリスに戻りたいとは一度も思わなかった。スイスで療養とリハビリに明け暮れていたころは、オフィスや一人暮らしの高級アパートメントが恋しかった。だが、スペインで子供たちに出会ってからは――ガビーと結婚してからは、イギリスのことなどまるで考えなかった。

ほどなく二人で夕食を食べ、ワインを飲み、子供のころの思い出話をするのが定番の流れになった。ネイトはできるだけ聞き役に徹するようにした。一日が過ぎるごとに、少しずつ緊張が解けていった。

話の途中で、彼は手持ちのカサス・テキスタイルの株を売却すべきかどうか考えてみた。手もとに残しておけば、いつかガビーのためになるだろうか？　いや、レナータが完全に経営から排除されない限りは無理だ。ガビーの母親のことは考えたくなかった。

考えるだけで頭痛がしてくる。

　ガビーは笑いながら話を続けている。彼女の美しさに、ネイトはあらためて心を打たれた。しかし、彼女は自分の魅力に気づいていないようだ。ガビーはいつも自然体であると同時に官能的だった。洗い髪でタオル一枚の彼女を目にしたとき、ネイトは自分の部屋に退散するように心がけていた。この結婚は寝室と関わりのないものにしたい、という決意はすでに揺らいでいた。夜、一人でベッドに入ると、彼はかならずガビーの夢を見るのだった。

8

　ハネムーンの一週間後には、使用人のいる生活が恋しくなっていた。こっちでも使用人を雇おう、とネイトは何度も言ってくれたが、ガビーはそれを拒否した。どうしても受け入れたくなかった。彼が現れるまでは、自分一人で上手くやれていたのだ。家事や育児の担い手が増えたのだから、仕事量は減っているはずだ。にもかかわらず、彼女は以前よりも疲れていた。

　いくら使用人とはいえ、家に赤の他人がいるのはいやだった。自分のしていることが正しいか、間違っているかを他人に判断されたくもなかった。自分がよき母親であることはわかっていた。それでも、使用人の力を借りるのは、自分の力不足を認めることのように思えてならなかった。

その日の朝、ネイトは飛行機でロンドンに向かった。夜には戻る、という話だった。心のどこかで彼女はほっとしていた。一時的にせよ彼がいなくなれば、結婚式からずっと続いてる不安を静めることができる。子供用プールのかたわらでネイトと過ごした日々を、彼女はいまになって後悔していた。

ネイトほど魅力的な男性に出会ったことは、いままで一度もなかった。男性にこれほど強烈な独占欲を感じたこともなかった。ネイトは彼女の夫だった。しかし、彼ははっきりと言っていた――これは名目上の結婚にすぎない。子供を育てるために力を合わせることが目的なのだ、と。

ガビーはグラスにワインを注ぎ、窓から夜空を見上げた。ピーナッツより栄養のあるものを食べなくては。取り込んだ洗濯物は畳まなければならないし、子供たちの明日の昼食のためにソースも作っておかないと。けれど、この五分だけは自分のために使いたかった。

風に運ばれてきたスイカズラとブーゲンビリアの香りが鼻をくすぐり、気持ちを落ち着かせてくれた。気がつくと想像力に命が吹き込まれていた。布地、ドレスのシルエット。ハネムーンを過ごした島で目にした鮮やかな花の色、花びらが重なるさま。そういったものが、頭の中でスカートのイメージと結びつき……。

指が鉛筆を求めていた。イメージを紙に描きつけたかった。これほどのインスピレーションに打たれたのはひさしぶりだ。彼女の自信は母親の批判によって無惨に踏みにじられてきた。時間は子供たちに奪われてきた。デザインの才能は枯渇したのでは、という恐怖が芽生えつつあった。もう何も作り出せないのでは、と。だが、ウエディングドレスはデザインできた。ホープは賞賛してくれた。その事実が彼女の背中を押した。いつか夢を実現できるかもしれないのだ。

一瞬、ガビーはためらった。ほんとうは家事を片付けねばならないのだ。しかし、この思いを形にして表現したい、という衝動は強烈だった。電話のかたわらの紙と鉛筆を手に取る。五分よ。五分過ぎたら、洗濯物を畳もう。

ネイトは玄関のドアに鍵を差し入れ、腕時計に目をやり、たじろいだ。もうすぐ午前二時だ。会議は予想より長引き、首には違和感があった。左右の肩をまわしてみたが、違和感は消えない。いやな感じがした。恐怖が広がった。彼はそんな思いを振り払おうとした。

とりあえず仕事は片付いた。ブリーフケースを廊下に置き、キッチンに入り、グラスにウイスキーを注ぐ。アルコールも控えるべきだった。体によくないことはわかっていた。医者にも健康的なライフスタイルを勧められている。それでも彼はウイスキーに固執していた。それは挑戦と言ってもよかった。以前と同じ人生を取り戻せることを証明したかったのだ。

だからこそ彼は、自分の会社のうちのひとつをノルウェーの合弁企業に売却することを拒否したのだ。ぼくは上手くやっている。失敗はしていない。夢を捨てる気はなかった。長いあいだスイスで回復に努めたのは、このためだったんだ。以前と同じ自分に戻ること。全力で仕事に打ち込み、そして――

リビングの手前で彼の足は止まった。ソファではガビーが眠っている。彼女のかたわらには飲みさしのワインがあり、たくさんの紙片が散らばっていた。ボウルの中にはピーナッツが少しだけ残っている。これが彼女の夕食だったのか？　キッチンシンクには鍋もフライパンも見当たらない。

　彼女の目の下には、またくまができていた。ガビーの頑固さに対するいらだちが湧き上がったが、彼はそれを抑えつけた。彼女は骨身を惜しまず働いていた。双子が生まれて以来、休むことなく働いてきたのだろう。ぼくが手を貸そうとしても拒むのは、いったいなぜなんだ？

　いや、理由はわかっているはずだ。

　彼女の母親は怪物だった。父親はいてもいなくても変わらない存在だった。だが、ぼくは家庭の責任の一部を背負うことができる。行動を通じて彼女の信頼を得る、とぼくは約束した。それが実践できているのか？　ほんとうにやれているのか？

　ネイトはソファに近づき、コーヒーテーブルに置かれた紙片の一枚を手に取った。彼はファッションには詳しくなかった。しかし、彼が育ったのは贅沢品や高級衣料品に満ちあふれた環境だ。妹や母ほどの鑑識眼はなかったが、どんな品が売れるのかは理解している。ガビーのデザイン画は優れていた。かなりの水準だった。

　さらに何枚かのデザイン画を拾い上げる。早い段階で描かれたものは、自信と大胆さに欠けていた。だが、新しい絵はより力強く、明快なものに変わっていた。ある時点からガビーは、子供たちの色鉛筆を使って絵を描きはじめていた。

　気がつくとネイトは、スマホを取り出していた。もっとも印象の強烈なデザイン画を写真に撮り、〝どう思う？〟というメッセージとともに妹に送付した。

　彼はソファの端に腰を下ろし、ため息をついた。ガビーは家事と育児で疲れ果てている。自分の時間などないのだ。状況を変えなくては。明日になったら何か手を打とう。とりあえず今夜は、彼女を自分の部屋まで運んでおこう。

起こさないように注意して、ガビーをソファから抱え上げる。その瞬間、凄まじい衝撃がネイトを打ちのめした。ガビーは彼に抱かれたまま、心臓のあたりに手を置いたのだ。花を連想させる香水が鼻をくすぐる。密着する彼女の体の感触は、マドリードの一夜を思い出させた。二人が分かち合った甘美な悦楽の記憶が甦る。ぼくは恋に落ちた、と彼は思ったのだ。彼女の裏切りが明らかになるまでは。情熱の嵐が吹き荒れた狂乱の夜。しかし、彼は磁石のようなガビーの魅力をいまでも肌に感じていた。彼女のそばを離れたくなかった。

だが、いまの二人の関係はあまりにも不安定だ。欲望に屈する危険は冒したくはなかった。荒々しい肉体の反応を抑え、彼女の部屋に向かう。途中、子供部屋をちらりと覗いた。ガビーの部屋のドアを開けたとき、彼女の腕が伸び、首にからみついた。脈拍が速まり、理性が吹き飛びそうなる。彼は部屋に足を踏み入れた。開いた窓からは穏やかな風が吹き込んでいたが、ガビーの香りと感触以外は何も感じられなかった。

ベッドに近づき、彼女をそっと下ろす。余計なまねをしないうちに部屋を出よう。しかし、ベッドを離れようとしたとき、首にからみついていた腕に力がこもった。ガビーがまぶたを開け、こちらを見上げている。瞳には切望の色があった。ネイトの肌が火照り、全身の細胞が熱を帯びた。

彼女の唇が開き、何ごとかささやいた。だが、言葉を聞き取ることはできなかった。ぼくは臆病者だ。そう思いながら、ガビーの腕を優しく引き離し、後ずさりを始める。廊下にたどり着き、ドアを閉めるまで、懇願するような彼女の瞳から視線を逸らすことはできなかった。

昨日の夜の出来事は夢だったのよ、とガビーは自分に言い聞かせた。しかし、あれが夢でないことはわかっていた。もし夢だったら、ネイトは彼女のそばを離れなかったはずだ。疲れた体でベッドを出て、シャワーを浴び、双子の部屋に向かう。

だが、ベッドはどちらも空だった。二人とも大丈夫よ、と自分に言い聞かせる。ネイトといっしょにいるはずだから。それでも早足でキッチンに向かう。

顔をシリアルまみれにしてネイトを見上げるアントニオが目に入った。いっぽうアナは、ネイトに頭上高く持ち上げられたまま、笑いながら彼の肩に足を下ろそうとしている。

「アナ、やめるんだ（バスタ）！」ネイトが楽しげに叫ぶ。「ぼくはジャングルジムじゃないぞ。ノー、だめだ！」

「イエスだよ、パパ。イエス！」

一瞬、ネイトの体が凍りついた。彼の気持ちはよくわかった。ガビーも、子供たちに初めてママと呼ばれたときのことは覚えていた。ネイトは彼女の姿に気がついたようだった。ガビーは微笑（ほほえ）み、うなずきかけた。

「アナ、アナ、アナ」彼は娘を胸に抱き寄せ、お腹（なか）にキスをした。アナが笑いながら金切り声をあげる。アントニオも、姉のはしゃぎっぷりを楽しんでいるようだった。

ガビーは高鳴る胸を手で押さえた。ネイトにどれほど心を奪われようと、これを――家族の幸福を危険にさらしてはならない。彼女は自分に言い聞かせた。昨夜のことはやっぱり夢だったのよ。どんな感情に揺さぶられようと、それは心の奥深くに秘め、忘れてしまうべきなのだ。

双子を寝かしつけたガビーが戻ってきた。ネイトは庭のテーブルにコーヒーを用意し、彼女を待っていた。ガビーが警戒するような表情を見せる。これが二人がいつも〝議論〟をするときのセッティングだったことに、ネイトは遅ればせながら気づいた。

「何なの？　いまからお昼の準備をしなくちゃいけないんだけど」

「ああ、実はその件で話がしたかったんだ」ネイトが腰を下ろすと、彼女も反対側の椅子に座った。

「そろそろ潮時だろう」

「潮時？　どういう意味？」

「ぼくたちは使用人を雇うべきだ」

「必要ないわ。家事や育児には何の問題も――」

「きみは疲れている」自分が地雷原に足を踏み入れたことはわかっていた。彼女の母親の話は何度も聞かされている。子供たちにはあんな苦しみは味わわせたくない、という彼女の気持ちも理解できた。この件は慎重に進めねばならないのだ。「きみの頑張りを見ていると、こっちがつらくなるんだ。たしかにぼくも力を貸しているし、きみもそれを受け入れている……だが、使用人がいたほうが、きみももっと子供たちに時間が割けるんじゃないのか？」

そう言ったつぎの瞬間、ネイトはそれが間違った話の進め方だったことに気づいた。ガビーの瞳がたちまち鋭い光を放つ。

「それは、わたしが子供たちの面倒を充分に見ていない、という意味なの？」

「そういう意味じゃない！　ぼくはそんなことは考えていない。一度も考えたことがない。きみが子供たちのためにどれだけ力を尽くしているのかはよく知っている。だが……」彼は注意深く言葉を選んで説得を続けた。「……きみは頑張りすぎているような気がするんだ」

ガビーは眉間にしわを寄せた。ネイトは当惑している隙を突いて彼女を押し切ろうとした。

「きみは疲れている」同じ台詞（せりふ）を繰り返す。「ここまで自分を追い込む必要はないんだ。料理や掃除を引き受けてくれるハウスキーパーを雇えばいい。誰かに子供たちの世話を手伝ってもらう、という手もある。ぼくたちには子供が二人いるんだ、ガビー。ぼくと妹も双子だったから、面倒を見る側が大変だったことはわかる。きみはただの母親以上の存在になりたいはずだ。そうだろう？」

彼はガビーのデザイン画を思い出した。昨夜妹から話を聞くまで、彼はデビーが自分でウエディングドレスをデザインしたことを知らなかったのだ。そんな自分に腹が立った。

「きみは最高の母親だ。少しばかり自分だけの時間が確保できれば、もっとすばらしい人生が送れるとは思わないか？」

「ネイト、家事や育児があなたの手に負えないのなら――」

「これはぼくの話じゃない。ぼくが心配しているのは、子供たちの母親が自分のやりたいこともやれずに、働きすぎで体を壊してしまうことだ」

平手打ちでも食らったかのように、ガビーはテーブルから体を離した。言うべきではなかったという悔恨と、言わないわけにはいかないという思いのあいだで、ネイトは引き裂かれた。

「ぼくがここに来たのはほんの数カ月前だ。だが、これが短距離走ではなくマラソンだということは、ぼくにだってわかる。子供たちに余裕を持って接するには、さまざまな助けが必要だ。ぼくたちは父親と母親としてだけでなく、人間同士としても時間を共有することが重要なんだ」

彼はポケットからガビーのデザイン画を取り出し、テーブルの上に広げた。

「きみは子供たちだけじゃなく、自分自身に対しても責任がある。夢をあきらめないでくれ、ガビー。夢を叶えるために助けが必要なら、助けを求めてもかまわないはずだ。子供たちの成長ぶりを見る限り、子育てに誰かの力を借りたとしても問題はないだろう。むしろ、知らない人間と触れ合うことが、子供たちにいい影響を与えると思う」

暇を見つけて読み漁っていた子育て本からの受け売りのような台詞だ。自分のやり方が卑劣に思えてきた。しかし、彼女自身の利益より、子供たちの安全や利益を持ち出したほうが、説得しやすいことは明らかだった。

「少し考えさせてもらえる？」ガビーが尋ねると、彼はうなずいた。どうやら彼女の心を動かすことができたようだ、とネイトは思った。

ネイトの言い分が正しいことはわかっていた。結局、ガビーは子供たちのために不安を捨てることにした。ハウスキーパーだけでなく、子供の面倒を見る人間も雇うことにしたのだ。しかし、彼女の人選はネイトを仰天させた。

「ほんとうにこれでいいのか？」

二人はまる二日かけて候補者の面接を行った。ガビーは、笑顔を一度も見せなかったという理由でイギリス人のナニーを落とした。いっぽうネイトは、アナ＝マリーという名の少し変わった女性を不合格にした。コーヒーを飲む人間が嫌いだと言っていたからだった。候補者の中に悪い人間はいなかったが、二人の眼鏡にかなう人材もいなかった。だが、一人だけ例外がいた。

「スペイン語と英語のバイリンガル、幼児教育の学士号、五年の実務経験、複数の推薦状。文句のつけようがないでしょう？　あなたは性差別主義者なの？」

「違う」ネイトがあわてて答えると、ガビーは浮かびかかった笑みを抑えた。

「それなら、何も問題はないわね。彼には来週から来てもらいましょう」

ネイトが頬を引きつらせると、ガビーは声をあげて笑った。彼が心から反対していたわけでないことは、ガビーにもわかっていた。ホルヘは完璧な人材だった。双子はひとめで彼が好きになったようだし、顔合わせを果たした瞬間から彼は子供たちに全神経を集中させていた。子供というのはそんなふうに注目されるのが好きなのだ。ガビー自身もそうだった。

面接の最中に、あなたが不安に感じていることは何ですか、とホルヘは尋ねてきた。これが彼女にとってつらい選択だったことを理解してくれたのは、ホルヘへだけだったのだ。この質問にはネイトも感心したようだ。ホルヘが引っ越してくるのが待ち遠しかった。

彼はヴィラの裏手のプールが大いに気に入ったようだった。ホルヘの説明によると、彼がこの地域で仕事を探していたのは、両親がすぐ近くで暮らしていたからだった。ヴィラに移り住んだその日から、ホルヘはガビーたちの生活に馴染んだ。やはりあらたに雇われた、三十歳近く年上のハウスキーパーとも気さくに会話するようになった。

ガビーの暮らしは一変した。しかし、生活のパターンが全面的に変わったわけではない。朝食は彼女とネイトが作った。子供たちを寝かしつけるのも二人の役目だ。だが、日中はそれまでより自分の時間が持てるようになった。料理も洗濯も掃除もしなくてすむからだ。心は罪悪感と安堵感のあいだで揺れ動いていた。本を読む余裕はできたが、スケッチブックと鉛筆は手つかずのまま書斎に放置されていた。

しかし、ホルヘが来た二週間後、ガビーはネイトが時間のやりくりに苦労していることに気づいた。緊張と疲労の雰囲気を漂わせているのだ。会社の会議も、昼のうちに書斎でリモートで行うことが多くなった。

「仕事が忙しいの?」

彼は当惑の面持ちでガビーを見返した。「そんなことはないが」

「会議が増えているような気がするけど」

「昼も会議に出るようになっただけさ」

彼女はそれが何を意味するのかに気づいた。ネイトは昼間は家族と過ごし、彼女が眠っている夜中に経営者の仕事を進めているのだ。罪悪感がガビーの胸を刺した。

彼女は自分一人の力で生きてきたせいで、独力で問題を解決しようとする傾向があったのだ。生きていくためには、仕方のないことだったのかもしれない。だが、こんなことはこれきりにしなくては。ネイトは彼女と同じチームの一員なのだ。

ガビーはネイトと二人きりの夕べを楽しむようになった。二人は子供たちの未来について語り合い、他愛(たあい)もない話で笑った。そして、おたがいがとことん違っていると同時に、驚くほどよく似ているという事実に驚嘆した。

二人の関係は、以前よりリラックスしたものに変わりつつあった。肌がほとんどわからないほど軽く触れ合う。必要以上にたがいの目を見つめ合う。二人のあいだの空気は熱気を帯びつつあった。だが、それはかつて二人が分かち合った、燃えるような夜とはまるで違っていた。ガビーはこの雰囲気を気に留めないようにした。無視しようとした。彼女は幸福だった。子供たちは彼女の喜びであり、ネイトは平穏と安定の礎だった。ネイトに対する彼女の信頼もしだいに深まりつつあった。

そのとき、時計のアラームが鳴った。双子を起こす時間だった。子供部屋のドアを静かに開け、中を覗き込む。アナはベビーベッドの中で立ち上がっていた。瞳はぬれ、頬は紅潮している。

「どうしたの(ケ・ティエネス)、アナ？」

アナはアントニオを指さした。ガビーは身を乗り出し、息子の腹をそっと撫(な)でた。

「アントニオ」彼女はささやきかけた。しかし、息子はまぶたを開けない。不安が稲妻のように体を駆け抜ける。「アントニオ」

大きな声で息子の名前を繰り返す。額に手を当てると、驚くほど熱かった。いっぽう腹部は異様に硬くなっている。

「ネイト！」ガビーは叫んだ。「ネイト！」

彼女は恐怖の真(ま)っ只中(ただなか)でアントニオをそっと抱き上げた。

ネイトが部屋に駆けつけた。目の前の光景を見たとたん、彼は黙り込んだ。

「どういうことなの……？」ガビーは茫然(ぼうぜん)と彼を見上げた。「どうしたらいいのかわからないわ」

「きみはどうするべきだと思う？」

「病院に連れていくべきだと思うわ」

「それなら、病院に連れていこう」

9

ネイトの心臓は止まりかけた。ガビーがアントニオを彼に渡し、アナを抱え上げる。ホルへの足音とハウスキーパーの悲鳴が聞こえた。

ネイトはそのどちらも無視し、息子を抱いたまま大急ぎで自動車に向かった。気がつくと、かたわらにはガビーの姿があった。振り返ると、背後にはアナを連れたホルへが見えた。ネイトは息子をガビーに託すと、彼女のために助手席のドアを開け、反対側の運転席にまわり込んだ。

彼は猛スピードで車を飛ばした。速度制限や安全性など気にも留めなかった。息子のこと以外は何も考えられなかった。

運転を続けながら、ハンズフリー通話で部下に連絡を入れた。

「マイク、いちばん近い病院に電話して、高熱で意識がない、腹部の硬くなった生後二十カ月の子供を連れていくから、優秀な小児科医を手配してほしい、と伝えてくれ。そのあとは、ドクター・ブラナーに電話だ。ぼくに連絡するように言ってくれ」

ネイトは部下の返事も聞かずに通話を切り、ゆっくりとカーブを曲がるトラックを追い越した。

「すまない」車が激しく揺れ、彼はギャビーに謝った。

「気にしないで」彼女はアントニオの頭に唇を押しつけたまま言った。「あなたのやりたいようにやってちょうだい」ギャビーの言葉を聞き、彼はアクセルを踏んだ。

やっとのことで救急病棟にたどり着くと、彼は車を駐車場に乗り捨て、大声で助けを求めた。

ポケットのスマートフォンが振動したが、無視した。手術着や白衣を着たスタッフが駆け寄ってきたからだった。

ガビーがスペイン語で医療スタッフたちと言葉を交わしはじめた。ネイトにできることは、ストレッチャーの邪魔にならないように廊下の端に寄ることくらいだった。ガビーは医師に病状を説明しなければならなかった。だが、医師の話をネイトに通訳しなければならず、板挟みの状態にあるようだった。

ネイトは首を左右に振って言った。「きみが重要だと思うことを優先させてくれ」

ガビーはうなずき、救急チームのリーダーと思われる医師と会話を続けた。ネイトは医療スタッフにかこまれ、モニターに接続された息子の小さな体を見下ろした。

ネイトは胸に痛みをおぼえた。涙が込み上げてきた。そのとき、彼の名前を呼ぶホルへの声が聞こえた。彼は青年を手招きした。

ネイトが腕を差し伸べると、アナは泣きながら何度も何度も〝パパ〟と繰り返した。彼は娘を抱きしめ、慰めようとした。

スマートフォンがまた振動を始めた。アナを抱いたまま電話に出る。

「ナサニアル」

「ドクター・ブラナー」

「いま、きみはどこだね？」

「南スペインのネルハの病院です」

「わかった。ちょっと待ってくれ」

キーボードを打つ音が聞こえた。ネイトの担当医であるドクター・ブラナーは、彼が何を求めているのかを即座に理解したようだった。

「きみの息子は生後二十カ月。発熱、腹部の硬化、昏睡という症状が見られる」

「そうです」

「わかった。きみがいまいる病院は、評判の高い病院だ。優秀なスタッフも揃っている。安心していい」

「しかし、問題がある、と？」ネイトは医師の口調から、ためらいを読み取った。

「いまから同僚をそちらに送る」

「ありがとうございます」

「情報が少ないので断定はできないが、おそらくくも膜下出血ではない。きみはそれを恐れているようだが」

ネイトは安堵のあまり泣き崩れそうになった。彼はホルヘの導きで、アントニオが診察を受けるベッドの脇の椅子に腰を下ろした。

「どうやら尿路感染症のようです。ただ、まだ確認はできていません。医師から連絡が入りしだい、情報をあなたに伝えます」

ネイトはホルヘにドクター・ブラナーのことを説

明すると、ガビーに視線を向けた。彼女は医師たちの質問に対し、うなずいたり首を横に振ったりしている。

彼女はアントニオのために全力を尽くしているのだ。ネイトは息子を凝視し、心の底から回復を祈った。

受付の手続きが終わると、ガビーたちは上層階の個室に移動した。彼女とネイトとアナはソファに並んで腰を下ろし、椅子はハウスキーパーとホルヘが交代で使った。

やがて、小児科医の主任医師が別の医師と通訳を連れて部屋に現れ、病状の説明をしてくれた。医師たちが姿を消すと、ガビーはアントニオのかたわらに戻った。アナを家に連れて帰りましょうか、とホルヘは言った。だが、ガビーもネイトも断った。アントニオはもちろんのこと、アナとも一瞬たりとも離れ離れになりたくなかった。

アントニオの容体が回復し、病状悪化の懸念がなくなると、ガビーはスマートフォンをチェックしてみた。兄から十七回電話が入っていた。彼女はネイトの勧めを受け、ハビエルに連絡してみることにした。電話をすれば、兄とエミリーは大急ぎで病院に駆けつけようとするだろう。しかし、二人はいまスリランカにいるのだ。

わざわざスペインに戻る必要はない。ネイトがいれば大丈夫、と兄夫婦を説得するのに二十分近くかかった。ネイトは彼女の心の支えだった。スマートフォンをバッグに戻したとき、ガビーは自分が彼の手を握ったままだったことに初めて気づいた。病院に着いて以来、二人は機会があるごとにたがいの手を握っていたのだ。

ホープに電話をしてはどうか、と彼女が言うと、ネイトは首を左右に振った。アントニオを連れて家に帰ったあとにしよう、と彼は言った。心配させたくない、と。重要なのは事情を話すことではなく、重荷を分かち合うことだ、とガビーは反論したくなった。だが、そんなことを言われてもネイトは喜ばないだろう。少なくとも、いまの時点では。

アナはネイトに抱かれて眠っていた。睫毛は涙にぬれ、頬は紅潮したままだ。だが、眠れるくらいまで気持ちが落ち着いていた。検査の結果、尿路感染症であることが確認されたアントニオは、抗生物質の点滴を受けている。ネイトは重々しくうなずいて病状の説明を聞き、息子をじっと見つめていた。

わたしは何か間違ったことをしたのだろうか、とガビーは思い悩んだ。もっと早く気づくことはできなかったの？　未然に防ぐことはできなかったの？ネイトは彼女を抱き寄せ、優しい言葉で気持ちを静めてくれた。わたしは彼の力を借り、彼に頼った。ネイトはわたしの力の源だった。恐怖を分かち合ってくれた。彼はわたしを支え、わたしを励まし、わたしに配慮してくれた。彼は結婚式の誓いを守ったのだ。

ネイトにもたれたまま、寝入ってしまったようだった。彼がガビーをそっと揺さぶり、起こしてくれた。「ガビー、アントニオが目を覚ますぞ」

一瞬で眠気が吹き飛んだ。彼女は勢いよく体を起こした。ネイトの言ったとおりだ。彼女の息子は意識を取り戻そうとしていた。点滴の針が我慢ならないのか、不機嫌きわまりない顔をしている。

「抗生物質は感染症に効果があるんです」看護師が笑顔で言った。「あと何時間かで、お子さんは家に戻れると思いますよ」

ガビーは安堵した。天にも上るような心持ちだった。かたわらのネイトに目をやる。彼も同じ思いのようだった。不意にネイトにキスがしたくなった。体を密着させ、彼のエネルギーを取り込みたかった。

だが、ためらいが襲ってきた。ネイトはガビーの考えを読み取ったのか、彼女を抱き寄せ、頭にキスをした。これで充分だわ、と彼女は自分に言い聞かせた。これでいいのよ。

三時間後、ハウスキーパーがヴィラの玄関のドアを開け放ち、ガビーたちを迎え入れた。ガビーは疲れ果てていたが、アナやアントニオから目を離したくなかった。しかし、子供たちは睡眠を取らねばならないのだ。

万一の場合を考えてぼくが子供部屋に残ります、とホルヘが申し出てくれた。ネイトはそれに心を打たれたようだが、ベビーモニターで充分だ、と言って断った。彼はホルヘを休ませるために自室に帰し、帰宅しようとするハウスキーパーに夕食の礼を言った。ハウスキーパーは、アントニオが無事にお家に帰れてほんとうによかった、と言って涙ぐんだ。

ガビーは、ネイトが非の打ちどころのない態度でホルヘとハウスキーパーに接するさまを、驚きと尊敬の目で見た。やがてネイトは、ブーゲンビリアの下のテーブルに彼女を導いた。テーブルにはハウスキーパーが丹精を込めて作った料理が並んでいたが、二人とも食欲はなかった。

「今日のあなたはすばらしかったわ」ガビーはそう言うと、疲れた体を椅子の背もたれに預けた。

「ぼくが？」ネイトは笑った。「医者に病状を説明したのも、診断結果をすぐに知りたいと頼み込んだのも、きみだったじゃないか。ガビー、凄いのはきみのほうだよ」

彼女は頬が赤らむのを感じた。「あなたがいなかったら、わたしは何もできなかったわ。とっても怖かったのよ」

「ぼくも怖かった」

「そうだったの？　とても冷静に見えたけど」

「世界の終わりかと思ったよ」彼は自分の心臓のあ

たりに手を置いた。

ガビーははっとした。彼自身も長い療養生活を終えたばかりなのだ。質問しにくかったが、どうしても知りたかった。知らなくてはならないのだ。

「つらい記憶が甦(よみがえ)った？」

ネイトがこちらに視線を向けた。日は暮れ、夕闇が垂れこめつつあった。打ち明け話にはふさわしい時間だった。「記憶が甦ったというより、恐怖に打ちのめされたと言ったほうがいいな。つまり……」彼はためらいを見せた。「アントニオはぼくと同じように、くも膜下出血を起こしたのでは、と思ったんだ」

「ああ、ネイト」彼女は声をあげ、テーブルごしに彼の手を取った。「気がつかなかったわ、あなたがそんなことを考えていただなんて」自分の迂闊(うかつ)さが恐ろしかった。

彼は首を横に振った。「ぼくの担当医は言っていたんだ。その可能性はきわめて低い、と。病院で小児科医に相談したら、念のためにアナとアントニオには検査を受けさせたほうがいい、と言っていた」

「どうしてすぐに受けさせなかったの？」

「子供にとってはつらい検査なんだ。怖がるかもしれない。だが、いずれ受けさせたほうがいい。きみに異存がなければ」まず彼女の同意を得るべきだ、とネイトは考えたのだ。

ガビーはうなずいた。「いずれにしても、あなたにとってはつらい体験だったのね」

ネイトは肩をすくめた。ぐったりしたままガビーに抱かれるアントニオのイメージが、どうしても頭を離れない。息子を失ってしまうかもしれない。あのとき彼は本気でそう考えた。恐怖のあまり体の中で何かが壊れそうな気がした。

彼は自分の気持ちを言葉で表すタイプではなかった。その手の話をすることは好きではなかったし、慣れてもいなかった。だが、ガビーは彼の前で何度も自分の弱みをさらけ出した。ぼくを信頼しているからだ、とネイトは思った。今度はぼくの番かもしれない。

「ぼくは病院が嫌いだ。大嫌いなんだ」自分自身の口調の激しさに彼はぎょっとした。「臭い、物音。看護師たちのささやき、医者たちの怒鳴り声。だが、何よりもいやだったのは患者たちだ。静かな声、大きな声、自分勝手な声――どれもみな同じだった。それは絶望と後悔の声だったんだ。もちろん、希望や奇跡だってあった。ぼくのケースも奇跡のひとつだった。頭の中で爆弾が破裂したというのに、生き延びることができたんだからな」

　ネイトは苦々しげに言った。こんな言い方は恩知らずもいいところだ、と彼は思った。正気を失って、無闇に腹を立てているようなものだ。

「だが、たとえ奇跡が起きたとしても、患者は過酷な事実に向き合わねばならない。自分の人生は以前と別のものになってしまった、という事実に。人生は二度ともとには戻らない。新しいパターン、新しい生活習慣に慣れなければならないんだ」

　言葉があふれ出す。どこからあふれているのかは、自分でもわからなかった。もはやガビーの顔も見えなかった。見えるのは、発作で倒れたあとの二年間のイメージの断片だった。

「再発の可能性や病気の兆候がないか、みんなぼくを注意深く観察していた。妹には繰り返し質問されたよ。記憶が失われていないかどうかを確認するためだった。祖父には疑いの目で見られていた。ぼくがいつか一族の会社を倒産させるのではないのか、とね」

　いつのまにかガビーがとなりの席に移動していたが、彼は気がつかなかった。それでも、彼女の存在それ自体がネイトを癒やしてくれた。怒りが少しずつ治まってゆく。

「ぼくはぼくで不安だった。発作がもう一度起きるのか、起きないのか。起きるとしたらいつなのか。三カ月に一度のペースで検査を受けていたが、はっきりしたことはわからなかった。ぼくは自分に自信が持てなくなった。つまり……」

「ホープにそういう話はしたの？」

ネイトは首を左右に振った。

「〝われわれは弱くあってはならない。弱い人間であることは許されないのだ、ナサニアル〟両親の葬儀が始まる直前に、祖父はそう言っていた。その二日後、ぼくとホープは別々の寄宿学校に放り込まれた。祖父はあえてそんなまねをしたんだろう。ぼくたちを鍛えるつもりだったんだ」

十二歳でネイトの人生観は固まった。自分の気持ちを明かしてはならない。感情は表してはならない。心の傷は隠せ。

「ぼくと同じように瀕死の状態から甦った人間の中には、あえて危険な冒険を始める者もいる。自分の運命を試そうとしているんだろう」

「あなたはどうだったの？」

「ぼく？　さあ、どうだろう。よくわからないな」

ガビーはからめていた指をいったん放し、掌で彼の手を包み込んだ。彼女の手は小さかったが、力強く感じられた。

「あなたの人生は一瞬で変わり、二度ともとに戻らなかった。でも、いまあなたは新しい一歩を踏み出して、つぎの一歩を探しているところなのよ」

「きみと同じように？　双子が生まれたとき、きみはそんなふうに感じたのか？」

ガビーはぎこちなく微笑んだ。「ええ。変わらないものなんてこの世に存在しないのよ、ネイト」

彼女の言葉が二人のあいだに静かに響き渡った。

〝変わらないものは存在しない〟——ガビーにとってその言葉は予言であり、彼女の人生は予言通りの道筋をたどった。ネイトの人生も同じようなルートをたどるのだろうか？　そうであってほしかった。彼の少年時代は冷たく殺伐としたものだったらしい。自分のことのように彼女の心は痛んだ。この痛みを癒やせるのは愛だけだ。しかし、そういう愛は歳月をかけて育まねばならないものだ。

ガビーは深く息を吸い込んだ。夜の空気が新しいエネルギーを与えてくれた。そのとき、彼女はネイトとの距離が近いことに不意に気づいた。肌寒い風の中で彼の体温が強烈に感じられる。

体が震えた。気温が低くなったからではなく、彼の存在を意識したからだった。

病院では二人は何度も体を触れ合わせた。それは否定できない事実だった。ネイトがそれに気づいていなければ、彼が望んでいなければ、彼女はあえて何もしなかったはずだ。だが、ガビーはあのときと同じ感覚を味わっていた。彼とホテルで一夜をともにしたときと同じ高揚を。あのとき彼女は、純真だが無知だった。しかし、いまはすべてを知っている。母親になったからだ。そして、さまざまな決断を下してきたからだった。

何かが彼女とネイトを結びつけていた。それは二人の本能と本質に根ざした何かだった。

その場に沈黙が広がった。だが、それは気まずいものではなかった。むしろ、期待に満ちた沈黙だった。切望の思いとともにネイトが彼女を見つめる。ガビーの心臓は胸を突き破らんばかりに高鳴った。抵抗できない力に引かれ、体がネイトに近づく。

手の甲に彼の親指が触れ、そこから熱が放射状に広がる。さりげない接触にすぎなかった。しかし、衝撃は凄まじかった。マドリードの夜と同じだった。

あの夜、ホテルの彼の部屋を訪ねたガビーは不安だった。彼に導かれてバルコニーに出て、星空の下で言葉を交わした。何カ月も前から付き合っているかのように。ネイトは彼女をリラックスさせ、プレッシャーから解き放った。帰らないと、と彼女が告げると、ネイトは彼女をドアまで送った。そして、ガビーこそが自分の待ち望んでいたものだ、と言わんばかりの顔で彼女を見つめた。彼女を帰すことなく、抱きしめ、キスをした。ガビーは留まることを選んだ。酔っていたからではない。欲望の虜になっていたからでも、理性を失ったからでもない。ネイトという男性を心から理解したからだった。

「あなたもわたしもこの二年で変わってしまった」ガビーは立ち上がったが、彼の手を放すことはできなかった。「おたがい、あの夜とは違う人間だわ」

ネイトは座ったまま彼女に視線を向けた。リラックスしているように見えたが、一瞬にして荒々しい獣に変身しそうな張りつめた空気が、全身から感じ取れた。

「時がたてばすべては変わるわ」

「ぼくは何も変えるつもりはない。あまりにも多くのことが――」

「それなら、変えなくてもいい」

「本気で言っているのか？」彼女の真意を確かめるかのように、ネイトは尋ねた。

ガビーの唇に悲しみの混じった笑みが浮かんだ。ネイトは自分に与えられるものだけを、彼女に与えようとしているのだ。だが、今夜は――いまは、それで充分だった。彼女はネイトを必要としていた。熱く情熱に満ちた何かが、実体のある何かが、ガビーには必要だったのだ。

アントニオの具合が悪くなったとき、彼女の体は凍りついた。全身の感覚がなくなった。怖くてたまらなかった。彼女はネイトの力を借りて問題を解決し、平静を取り戻した。彼に触れられると、生きているという実感が得られる。自分が求められている、という喜びが味わえるのだ。今夜のガビーにはそんな感覚が必要だった。

「わたしをベッドに連れていってくれる？」彼女は尋ね、息を殺して返事を待った。彼の態度を注視した。時間がゆっくりと過ぎていく。希望を捨てかけたとき……ネイトが不意に動いた。

彼は椅子に座ったまま身を乗り出した。彼女の目を見つめ、ゆっくりと顔を近づけてくる。

ネイトは彼女の顔を記憶に刻み込もうとするかのように、こちらを見つめている。こんなことはもう二度と起こらない、と思っているのかもしれない。そもそも、わたしは同じことを繰り返すつもりがあるの？ ガビーは彼と目を合わせた。彼の広い肩を包む白いシャツが月光の中で輝きを放った。

月を横切るようにして雲が流れ、ネイトの彫りの深い顔の明暗がさらに強調された。雲が通り過ぎると、彼の目がはっきりと見えた。そして、ガビーの心臓は跳ね上がった。

ネイトの瞳には、飢えたような光がたたえられていた。

10

「わたしをベッドに連れていってくれる？」

ガビーの言葉は彼の頭の中で炸裂（さくれつ）し、心臓の鼓動とともに全身を駆けめぐった。彼女が欲しかった。熱い思いが体に充満する。彼女とはできるだけ距離を置こうとしてきた。足を前に踏み出したくなるときも、後ずさりするよう心がけてきた。彼女とのあいだに引いた線を、越えないように注意してきたのだ。しかし、いまガビーは彼が一線を越えることを望んでいた。ネイトには彼女の求めをはねつける力はなかった。

ガビーがこちらを見上げる。黒髪はゆるやかにカールし、月明かりに照らされた瞳は欲望に輝いている。だが、その欲望はマドリードのホテルで分かち合ったものとは、まったく別のものだった。

ネイトは過去の記憶を頭から振り払った。ガビーの言うとおりだ。二人とも変わってしまった。しかし、二人が分かち合ったものは変わっていないはずだ。以前と同じままだ。あれを失ってしまいたくなかった。

いや、失うどころか、彼はあらたに手に入れたのだ。家族を。

だが、そう考えても、ガビーに対する欲望は治まらなかった。それどころか、さらにふくれ上がった。彼女はぼくのものだ。欲望が炎と化し、体を焼く。燃え上がりながら、彼は呼吸を繰り返した。この炎を静められるのはガビーだけだ。

彼女に視線を向ける。ガビーは不安もためらいも見せなかった。彼に負けないほどの激しい欲望だけが感じ取れた。

ネイトが体を近づけると、彼女もそれに応えた。いっぽうの手がガビーのうなじに、もういっぽうが頬に触れる。

彼の唇とガビーの唇が重なり合った。全身がこわばり、心臓が猛然と鳴り響く。彼女が唇を開け、ため息を漏らす。

しかし、これだけでは満足できなかった。もっと感じたかった。もっと触れたかった。もっと味わいたかった。彼女と唇を重ねたまま、後ずさりで動きだす。横たわったガビーの感触を全身で感じたかった。寝室は腹が立つほど遠かった。

彼女の背中がガラス戸にぶつかる。リビングから漏れる光が、ガビーの全身の輪郭を浮き上がらせた。彼女の瞳に恐怖の色はなかった。それどころか、挑発するような火花を放っている。

〝お願い〟懇願のささやきが彼女の唇をくすぐる。

左右の手でガビーの体の曲線をなぞり、ワンピースのスカートの裾をつかむ。二年前の記憶が甦り、視野がぼやける。だが、ガビーは彼の顎を掌で包み、彼の視線を自分の瞳に導いた。

「わたしのそばにいて。ここにいて」彼女は命じた。女神のように。彼はこの女神を崇拝したかった。

ネイトはうなずき、唇に官能的なキスをした。舌を口の中に忍び込ませる。高鳴る心臓は胸を突き破って外に飛び出しそうだった。ガビーのヒップを握りしめ、腰を引き寄せ、たくましい欲望のあかしを押しつける。ガビーは喘いだ。

彼はキスを中断した。彼女が落胆の表情を見せると、微笑み、胸に唇を押し当てた。両手は胸のふくらみを包み込む。親指が硬くなった頂を刺激すると、ガビーは体をくねらせた。

その場にしゃがみ込み、両手で彼女の太腿に触れる。ガビーの脚がわななき、彼女の後頭部がガラス戸にぶつかる音が聞こえた。ガラスに密着する彼女の裸身のイメージが浮かび、ネイトは息をのんだ。見上げると、ガビーと目が合った。唇を噛(か)みしめる表情をまのあたりにすると、欲望がさらにふくれ上がった。

「いいのか?」ネイトが尋ねる。

彼女はうなずいた。唇に笑みが浮かぶ。「ええ」

許しを得たネイトは、彼女の腰から下着を引き下ろした。指がヒップを撫(な)で、両脚の付け根をもてあそぶ。彼は深く、ゆっくりと息を吸った。この一瞬を楽しみたかった。ガビーの脚を、その奥の合わせ目を、優しく開く。もはや自分を抑えることができなかった。彼女の秘められた場所に唇を押し当てる。

ガビーがうめきを漏らす。それは彼がいままで耳にしたなかで、もっともセクシーな声だった。熱い湿り気に沿って舌を動かす。唇をさらに密着させる。親指で入口を刺激しながら、もっとも敏感な部分を吸った。最初は優しく、それから強く。ガビーは喘ぎ、懇願した。ネイトの興奮は高まった。彼女は悦楽に屈服しつつあるのだ。

彼はガビーが上りつめるのを感じ取った。ネイトの唇と手の動きに合わせ、体を震わせ、くねらせる。意味をなさない声をあげ、高く高く舞い上がり、やがて彼女は頂点を極めた。

ネイトの技巧によってガビーの官能は目を覚ました。肉体をひとつにつなぎ止めていた縫い目や結び目がほどけ、彼女のすべてがさらけ出された。もう二度ともとに戻れないような気がした。これまで一度も感じたことのないリズムで全身が脈動している。

彼女は震えた。寒かったからではない。自分の敏感さにショックを受けたからだった。ネイトは立ち上がり、彼女を抱き上げた。彼のぬくもりに包まれたとたん、安心感が広がった。気がつくと彼女はネイトの心臓に掌を押し当て、力強い鼓動を感じ取ろうとしていた。

二人はひそやかに子供部屋の前を通り過ぎた。ネイトは二人の寝室のうちのどちらを選ぶべきかで迷っているようだった。ガビーがキスすると、彼の瞳から混乱の色が消え、欲望の炎が再び燃え上がった。ネイトは肩で彼女の部屋のドアを開け、中に入ると、足でドアを閉めた。ベッドに近づき、彼女をそっと下ろす。

ネイトは立ったまま彼女をじっと見つめた。

「きみは綺麗(きれい)だ」彼がささやく。

賞賛の言葉にガビーの頬が赤らんだ。ベッドに横たわったまま、手を差し伸べる。ネイトがその手を握ると、彼を引き倒した。キスで彼を歓迎した。

悦楽の余韻はまだ残っていた。だが、満足はできていなかった。体の奥深くで彼を感じたかった。ネイトとは心と体で結びつくことができたはずだ。あの記憶が思い違いではないことを確かめたかった。

二人の脚が触れ合う。ガビーは自分とネイトがまだ服を着たままだったことを思い出した。

急いでシャツを取り去ろうとすると、彼が含み笑いを漏らした。ネイトは彼女の不器用な指の動きを制止すると、自分からシャツを脱ぎはじめた。二人はたがいの目を見つめ合ったまま、ボタンを外し、服を脇に放り出した。生まれたままの姿になり、向かい合った。

欲望にネイトの頬は紅潮し、瞳は輝き、指は震えていた。

ガビーは自分の力を実感し、それに酔いしれた。それはネイトに与えられた力だった。ネイトは彼女の魅力に膝を屈した。彼女はその事実に心を動かされていた。彼の欲望がガビーの心にも火をつける。もうこれ以上は我慢ができなかった。

二人はたがいの距離を詰め、手脚をからませ、ため息とくちづけと愛撫(あいぶ)を交わした。震えが体を走り、胸が高鳴る。

「ガビー、待ってくれ――」

「待たないわ」彼女は言い返した。ずっと待ちつづけていたのよ。これ以上待つつもりなんてないわ！

「ガビー……」ネイトはまるで祈りの言葉のように彼女の名を口にした。

彼の胸をまさぐっていたガビーは顔を上げた。

「避妊が」彼が残念そうに言う。用意をしていなかったんだわ、とガビーは気づいた。その必要がなかったのだから、当然と言えば当然だ。

「ピルをのんでいるから平気よ……」彼女の言葉は途切れた。体を重ねる直前にこんな話をしているのが、ばかげたことのように思えてきた。

ネイトは指で彼女の顔を上に向け、瞳を覗(のぞ)き込んだ。「きみと出会ってから、ぼくは誰ともベッドをともにしていない」彼がささやくと、ガビーはたまらなくいい気持ちになった。「ぼくたちはいまからひとつになる。だから、話したいことがあるのなら、どんなことでも話してくれ」

「切れた乳首の話とか？」彼女が言うと、ネイトは声をあげて笑った。ガビーが腕を軽くたたくと、ネイトは笑いを噛み殺した。

彼女は二人の初めての夜を思い出した。かつて彼女とネイトはこんな夜を分かち合ったのだ。情熱よりも笑いが二人を強く結びつけたのは、いったいなぜだったのだろう？　すべてが失われたとき、ガビーは打ちのめされた。ばらばらになったのだ。

喉もとに熱いものが込み上げる。しかし、ネイトはそれに気づかないままベッドに体を横たえた。ガビーは彼のかたわらに寄り添った。肌に触れるこわばりの感触が心地よかった。

彼の胸に顔をうずめたかった。彼の言うとおりだった。二人はいまからひとつになる。恥ずかしがる必要などないのだ。だが、彼に対する愛情は隠さねばならない。それを明かしたら、ネイトは逃げ腰になるだろう。

「おいおい」彼は胸もとからガビーの顔を抱え上げ、唇にキスをした。「何をしているんだ？」

「待ちくたびれちゃったのよ。だから――」

彼女の言葉は途中で嬌声（きょうせい）に変わった。彼が体に腕をまわし、強引に抱き寄せたからだった。ネイトは一瞬で彼女を組み敷き、左右の手首を押さえつけた。

「これでどこに行けないぞ。もう逃がさないからな」

これは現実なの？ 彼は本気で言っているの？

ネイトは彼女の首筋にキスをし、肌に優しく歯を立てた。胸に甘美なおののきが走る。キスは愛撫に変わった。ネイトの手が脚の付け根に忍び込み、もてあそぶと、彼女は悦楽にうめき、ため息をついた。欲望に突き動かされ、彼にもう一度キスをする。彼の舌の感触に胸が躍った。そして、ようやくネイトは彼女の両脚のあいだに体を移動させた。欲望のあかしをゆっくりと導き、彼女を満たす。ホテルの部屋を抜け出して自分が何を失ったのかを、ガビーははっきりと理解した。

それは彼女の心と体の半分だった。

ネイトは妻という名の楽園の奥深くに体を沈めた。本能はそれ以上のものを欲していたが、彼は耐えた。彼を受け止める余裕をガビーに与えたかった。

初めて結ばれたとき、彼女がバージンであることは知っていた。あのときは彼女を喜ばせるために最善を尽くした。そして、いまも彼はガビーのことだけを――彼女の快感のことだけを考えていた。自分自身の悦楽は後まわしでもかまわない。

しかし、ガビーに包み込まれたとたん、手に入れることができなかったもののイメージが脳内に万華鏡のように広がった。妊娠中のガビーの姿。喜びに上気する彼女の頬。最初の知らせがもたらしてくれる歓喜……。

そのとき、ガビーが腕にキスをし、彼は現実に引き戻された。少しだけ腰を動かすと、彼女は愉悦に頭をのけぞらせた。さらに奥深くに進むと、彼女は喘ぎ、自分から腰を押しつけてきた。必死で自制を続ける彼の腕がわななないた。

「すべてが欲しいの、ネイト。お願い、ちょうだい」ガビーは言った。彼女に懇願させてしまった自分に腹が立った。

耳の後ろの敏感な部位に唇を押し当て、ささやく。「すべてをきみにあげるよ」〝愛しいひと〟という言葉が出かかったが、彼はそれを噛み殺した。

彼女の懇願を受け、ネイトは体をぶつけはじめた。ガビーの悦楽の声を耳にしているうちに、時間の感覚が消えていった。体がぶつかり合うたびに心臓は跳ね上がり、彼はいっそう硬度を増した。ネイトは絶頂の一歩手前で踏みとどまりつづけた。

何度も何度も、彼は直前で引き返した。それは甘美な拷問だった。この一夜は何としてでも完璧なものにしたかった。

スペイン語と英語の入り交じったガビーの懇願が部屋にこだまする。彼女がかすれ声でネイトの名前を呼ぶ。指が彼の肌に食い込む。絶頂が訪れようとしていた。到達を先延ばしにしようとする二人の体がわななく。

二人は同時に頂点を極めた。二年半前と同じように脈動し、破裂した。ガビーの吐く息をネイトが吸い込む。重なり合った体の中に潮流が生まれる。彼女が月でネイトが海だった。星のまたたく無限の空の下で終わりのない波が海岸に打ち寄せた。

ネイトは彼女を抱き寄せ、仰向けになった。いまはまだ体を離したくなかった。彼女との相性は完璧だった。ガビーは彼のためにこの世に生まれてきたかのようだった。

激痛が頭に走り、ネイトは唐突に目を覚ました。肌は汗まみれで、心臓は高鳴っている。体は限界までこわばり、麻痺状態だった。動揺を抑え、神経を集中させる。ガビーはまだ眠っていた。起こさずにすんだようだ。

鼻で深く息を吸い、全身がリラックスするのを待つ。筋肉のひとつひとつを意識的に解きほぐそうとする。だが、意志の力で金縛りが解けないことはわかっていた。一秒一秒が無限のように長く感じられた。新しい恐怖がつぎつぎと押し寄せてくる。

何かがあったのかもしれない。子供たちに。ガビーに。ホープに。家族の顔が頭に浮かぶ。現在の家族。過去の家族。その一人一人が、彼に何かを警告しているような気がした。

恐怖がらせんを描き、大きく広がってゆく。やがて究極の恐怖が襲い、彼は吐きそうになった……両親の死を嘆く双子の姿……つぎの瞬間、ネイトはベッドから跳ね起きた。

ガビーを起こさないように気をつけながら、寝室に付属したバスルームに向かい、冷たい水で顔を洗う。全身の筋肉が痛みに悲鳴をあげていた。体が石のようにこわばっている。脈拍は速く、呼吸も乱れていた。しかし、気持ちを静めなくてはならない。肉体をコントロールしなくてはならないのだ。

両手が思いどおりに動きそうになかったので、唇を蛇口に近づけた。口に水を含み、吐き気を振り払う。彼はシャワーの脇の床に座り込んだ。タイルは硬く冷たかったが、火照った体にはむしろ心地よかった。

手の甲で口を拭い、ぼんやりとあたりに視線をさまよわせる。だが、頭は猛スピードで回転していた。

頭痛、全身のこわばり……。くも膜下出血の再発の可能性は低い。彼が受けた治療の効果を考えれば、確率は一パーセント未満だろう。しかし、ゼロというわけではない。

やがてネイトは立ち上がり、背後の寝室に視線を向けた。ガビーはまだ眠っている。はらわたを鷲づかみにされるような衝撃が襲った。彼女はひどく頼りなげに見えた。この女性はこれまでどれだけ不当な苦しみを味わったのだろう。

ネイトはまぶたを閉じ、十まで数を数えた。肺いっぱいに空気を吸い込み、シャワーの栓をひねった。彼は恐怖と戦慄を洗い落とすと、タオルで体を拭き、ベッドに戻った。

何ごともなかったかのように。

ガビーは一瞬で目を覚ました。眠気がまたたくまに吹き飛ぶ。ベッド。ここはわたしのベッドだ。筋肉は甘く疼き、肌は熱を帯びて敏感になっている。昨夜のことを思い出すだけで体が震えた。

彼女は唇を噛んだ。唇は少し腫れていた。体を起こそうとしたとき、ネイトの腕がウエストにからみつき、彼女を引き戻した。

「どこに行くんだ?」ネイトが欲望にくぐもった声で尋ねる。

ガビーは驚きの声をあげた。彼がまだベッドにいるとは思っていなかった。誰もいないベッドで目を覚ます朝を彼女はなかば覚悟していたのだ。これは夢なんだわ、とガビーは思った。ネイトがまだわたしのベッドにいるだなんてあり得ない。だが、彼の肌は温かく滑らかだった。ぬくもりは心地よかった。このままずっとこのベッドにいたかった。

ガビーは体を密着させた。ネイトが身をよじり、いっぽうの膝を彼女の脚のあいだに滑り込ませた。彼のこわばりが肌で感じ取れる。ネイトの手が動きだした。敏感な肌を撫でまわす。ヒップを、両脚の付け根を、胸のふくらみを。ネイトの視線を浴びながら彼女の肌は紅潮しはじめた。

「おはよう」彼が耳もとでささやくと、ガビーの唇に笑みが浮かんだ。

「すてきな朝ね」

彼女もささやき返した。彼の指が下腹部に忍び込み、熱く湿った場所を探り当てると、ガビーの声はうめきに変わった。

「だめよ、朝からこんな――」

「別の場所で何か予定があるのか？」ネイトが笑いながら尋ねる。そのあいだも指の動きを止めようとはしなかった。

「そんなことはないわ。でも、そろそろ……子供たちを起こさないと」ガビーは彼の愛撫に身を震わせながら答えた。胸の頂は硬くなり、肌はさらなる愛撫を求めて疼いていた。

「今日はぼくがホルヘと二人で子供たちの面倒を見るよ」

「わたしは？」彼女は喘ぎながら言った。

「きみはスケッチブックを相手に過ごすのさ。場所はきみの書斎でも、街でも、コーヒーショップでもいい……。どこだろうと、運転手がきみを連れていくよ」

ガビーが体を離し、向き直ると、彼は愛撫を中断した。「でも――」

「〝でも〟はいらない。ぼくたちは最初からやり直すんだ。子供たちも大切だが、きみも同じくらい大切な存在だからな」

「それで、わたしはスケッチブックを相手にするの？」彼女は当惑とともに尋ねた。

「そうさ。月末までにデザイン画を六枚送ってほしい、とホープが言っているんだ」

「えっ？」ショックに彼女の体は固まった。

「この件はきみには話さなかったかな？」ネイトはとぼけているようだった。

ガビーは身を乗り出し、枕をつかみ、それでネイトをぶとうとした。「聞いていないわよ、そんな話！」しかし、彼女の試みは成功しなかった。ネイトが笑いながら、彼女の背後にまわり込んだからだった。

「いずれにせよ、ぼくはいまきみに話したわけだ。だが、ぼくの妹の話はとりあえずやめておこう」彼は言った。その口調は、突如として真剣でセクシーなものに変わっていた。ネイトは飢えたような目でこちらを見ている。

「子供たちが……」彼女は弱々しく言った。だが、自分が求めているのがネイトだけであることは否定できなかった。

「子供たちはまだ眠っている。あと三十分は目を覚まさないはずだ」

「三十分？」

「三十分もあれば、いろいろなことができる」彼は自信に満ちた口調で言った。〃いろいろなこと〃が何であるのかを、ガビーは知りたくなった。

「じゃあ、それをわたしに教えてちょうだい」

ネイトは彼女の要望に応えた。

二度にわたって。

11

ガビーはこの一カ月でありとあらゆる感情を経験した。そのせいで疲れ果てていた。しかし、それと同時に……大いに満たされていた。デザイン画を描いて過ごすと考えるだけで、最初のうちは心が躍った。一日目は、病気が治ったアントニオのそばにいてあげるため、スケッチブックに向き合うことはできなかった。だが、翌日から少しずつ自分のために時間を使いはじめた。最初は一時間。それはやがて二時間、三時間と延びていった。

しかし、まる一日を費やしてデザイン画を描こうとしたときは、悲惨な結果が待っていた。何も描けなかったのだ。自分の才能に自信が持てないまま、ネガティブなことばかり考えていたのだ。ガビーは真っ白なページをにらみ、考えつづけた――デザイン画を六枚……〈ハーコーツ〉の最高経営責任者(CEO)のためにデザイン画を六枚。ホープは彼女の義妹だ。だが、問題はそういうことではない。ガビーは何も描くことができなかったのだ。彼女の頭の中では創造の女神ではなく、母親の声が鳴り響いていた。

〝頑張ったことは認めてあげる。あなたが会社の仕事に関わりたがっていることは、もちろんわかるんだけど……〟

〝悪くないわよ。でも、それほどよくもないわ〟

〝わたしもこれくらいなら一瞬で描けるわよ、ガブリエラ。でも、誰がこんなものを買うというの？〟

母の言葉のひとつひとつが古傷をえぐった。ヴィラに戻るころには、完全に自信を喪失していた。こんな思いをするくらいなら、何もしたくなかった。デザインもしたくなかった。スケッチブックなど燃やしてしまいたかった。

書斎を意味もなく歩きまわっていると、ネイトが現れた。

「こんなの無意味だわ。時間の浪費よ」ガビーは言った。頭は混乱し、気持ちは乱れていた。どうしてわたしはこの仕事がやれると思ったの？　デザイン画を六枚も描くだなんて。「わたしはここで、子供の面倒を見ているべきだったんだわ」彼女は心からそう思っていた。アナとアントニオが恋しかった。子供たちも寂しがっているのでは、と気が気ではなかったのだ。

椅子に座り込み、両手で頭を抱えた。これはわたしの手に負える仕事じゃない。まるでだめ。やめさせてもらおう。ホルヘがすぐにつぎの仕事を見つけられるように推薦状を書こう。双子の面倒はわたしが見ればいいだけだ。

ネイトは彼女のために据えつけた、作業用デスクにもたれかかった。

「何があったんだ？」

「何もなかったわ。まるで何もなかったのよ！」ガビーはうめいた。「あなたは仕事の紹介をしてくれたけれど、あれは間違いだったわ」

「そんなことはない。ファッションに関しては、ホープの目に狂いはないんだ」

「わたしに才能なんてないのよ。今日は一枚も描けなかった。何も描けなかったわ。そもそもわたしのデザインなんてありきたりだし、退屈よ。出来が悪いし、下手くそだし」声がしだいに小さくなる。それはかつて母にぶつけられた侮蔑の言葉だった。

「誰にそう言われたんだ？」

「それくらい言われなくてもわかるわ」

「自分でそう思っている、ということなのか？」

彼女はネイトをにらみつけた。「もうこんなことはしたくないの」ガビーは立ち上がった。ネイトが彼女の手首をつかみ、優しく引き寄せた。

「誰に言われたんだ？」

ガビーは首を左右に振ったが、やがて答えた。

「母よ」

ネイトは悲しげな顔でうなずいた。「母親にそんなことを言われるのは、つらいものだな。きみの母親はそんな台詞を言うべきじゃなかったんだ」

ガビーは唇を噛んだ。熱い涙が込み上げてくる。ネイトは彼女の顎を掌で包み、親指で頬を撫でた。ガビーはぬくもりに満ちた彼の体にもたれかかった。

「きみを傷つけるかもしれないが、勇気づけるかもしれないことを言っていいかい？」

これ以上傷つきたくはなかった。それでも、最後には彼女はうなずいた。

「きみの母親はいまここにはいない。きみのデザイン画を見てもいない。きみがさっき言ったような台詞も口にしていない。それはきみの恐怖が生み出した残響にすぎないんだ。恐怖は創造の喜びを殺す。きみのデザイン画がホープのもとに届けば、それはすばらしいことだ。かりに届かなかったとしても、誰が気にするというんだ？　だが、きみの創造性を押し潰したり、きみの喜びを否定したりするのはどうだ？　それはだめだ。それはきみも気がついているはずだ。子供たちがそんなふうに恐怖に屈服することを、きみは絶対に許さないはずだ」

ネイトの言うとおりだった。だが、彼の正しさが許せなかった。ネイトが正しいのだとしたら、あの残酷な言葉は彼女自身の言葉だということになる。しかし、ガビーがコントロールすべきなのは、彼女の母ではなく彼女自身だ。その事実を受け入れ、恐怖を乗り越えることができれば……。

わたしは力を手に入れることができる。

その力を一日ごとに少しずつ使っていこう。デザインの仕事にもう一度向き合ってみよう。最初から完璧を目指しても仕方がない。でも、わたしはねばり強い人間だ。想像力の核心に手を伸ばし、自分が望むデザインを作り上げるのよ。

ネイトは、彼女の創造性を再び花開かせようとしていた。そのいっぽうで、彼女の官能性を味わい尽くそうともしていた。ガビーとの夜は、情熱に満ちた探索と驚嘆すべき発見に満ちあふれていた。

だが、ネイトが彼女のもとから姿を消すこともあった。午後に一時間、午前中に二時間というふうに。ベッドでふと目を覚ますと、姿が見えないこともあった。時差のある相手と会議があった、と彼は説明した。つねに明解な理由があった。それでも、二人の関係が少しずつ壊れはじめているような気がしてならなかった。ガビーは自分に言い聞かせた——彼は母さんとは違う。わたしを自由に操ろうとしているわけじゃない、と。しかし、彼が何か隠しごとをしているのでは、という疑いは拭いきれなかった。

「わかった、ナサニアル。明後日の午後三時に予約を入れておく」ドクター・ブラナーは言った。「ガビーもいっしょに来るのかね？」

ネイトは動揺を隠して答えた。「今回は来ません」

「彼女はこの件を知っているのか？　それとも、まだ知らせていないのか？」

「心配させたくないんです」言い訳めいた自分の口調に腹が立った。

「ナサニアル、回復には彼女のサポートが欠かせないぞ」

「これが回復と呼べるんですか、先生？」ネイトは奥歯を噛み締めた。この一カ月、頭痛は悪化しつづけていた。動悸にも悩まされていた。これ以上ガビーに隠しつづけるのは不可能だった。

「原因はわれわれにもわからない。過去の病歴とはいっさい関係がない可能性もある。だからこそ、ガビーのサポートが必要なんだ」

非難するような口調だった。だが、ネイトは自分の選択が正しいと信じていた。ガビーはいま少しずつ自信を取り戻し、自分の足で立とうとしている。彼は妹の鑑識眼を信じていた。ガビーのデザインには光るものがある、というホープの主張がなければ、彼女を励ましたりしなかったはずだ。

ガビーは子供たちのために自分を犠牲にしてきた。だからこそ、彼女自身のために時間を与えたかったのだ。彼女には心配をかけたくなかった。事実を知れば、ガビーは彼のためにすべてを放り出すだろう。それは彼の望む展開ではなかった。

今回の体調不良は自分一人で対処できる。検査結果さえ明らかになれば、決断も下せる。それまではこの暮らしを楽しみたかった。スイスに向かって旅立つまでは。

ネイトは中庭の入口で足を止めた。遠くの山々の向こうには海が見える。ロンドンの街の景色とは大違いだ。この数カ月で彼の人生は大きく変わった。彼はそのことに感謝していた。

青と紫のストライプの水着に身を包んだガビーに視線を移す。みごとな曲線美を惜しげもなくさらしている。プールに飛び込みたくてうずうずしている子供たちの体に、日焼け止めを塗ろうとしているところだ。アナは笑い、アントニオは金切り声をあげ、それから水の中に飛び込む。大きなしぶきが上がり、プールサイドのタイルをぬらした。手をたたく音、きれぎれのスペイン語、笑い声、熱い日射し——それらの真っ只中でネイトはまぶたを閉じた。

彼も大声で笑いたかった。ガビーに出会うまで、彼の人生はさまざまな数値と役員用会議室と灰色のスーツだけでできていた。ところが、ガビーが色彩と感情に満ちた世界をもたらしてくれた。お返しに何を与えればいいのだろうか？

ネイトは奥歯を噛み締めた。恐怖に満ちたイメージが頭の中でぶつかり合う。両親の棺(ひつぎ)の前に立ったときの悲しみ。握りしめたホープの手。一滴も涙を流さなかった祖父。ぼくの過去が子供たちの未来になるかもしれないんだ。そう考えたとたん、体に衝撃が走った。

ネイトの想像の世界では、何も言わずに悲しみに耐えているのは彼ではなく、アントニオとアナだった。両親が作り上げた愛情に満ちた家庭から切り離され、六人の少年たちのいる部屋に放り込まれ、年長の生徒たちにいじめられるのは、彼ではなく子供たちだった。

耐えがたい痛みが心臓を切り裂き、彼は声をあげそうになった。

「どうかしたの？」ガビーの声が聞こえた。ネイトは作り笑いを浮かべ、首を左右に振った。ゆっくりとプールに背を向け、家に戻る。彼はバスルームに入ると、ドアを閉め、その場にくずおれた。どうやらスイスには、できるだけ早く行ったほうがよさそうだ。

ガビーはまたしても腕時計に目をやった。ネイトの連絡が遅れているのは、二、三時間というレベルではなかった。まる一日遅れているのだ。すでにメールは送っていた。彼の直属の部下にも何度も電話をした。かならず伝言を送ります、と部下は答えていた。ネイトが会議のためにロンドンに向かったのは、二日前のことだ。そのときから、まったく連絡がないのだ。

彼女は怖かった。いままでこんなことは一度もなかった。いったいわたしは、彼のことをどこまで知っているのだろう？　彼女は二年半前のことを思い出した。過去に経験した恐怖が押し寄せてきた。

ガビーは部屋の中をうろうろと歩きまわった。恐怖と疑いの針が肌を刺し、体は冷や汗と発熱のあいだを何度も行き来する。もうこれ以上は無理。こんな人生は送れない。隠しごとをする人間といっしょに暮らすなんてできないわ。彼女が欲しいの誠実さだった。真実だった。ネイトはすべてを話してくれなかった。だが、問題はそれだけではない。問題は双子たちだ。

　子供たちを寝かしつけようとしたときは、ひどいことになった。ネイトに会うまで眠らない、とアナが言いだしたのだ。「パパ、どこ？」彼女は何度も質問を繰り返した。「パパに会いたいの」打つ手がなかった。アナの涙を止めることができなかった。泣きだしたアナの頬は赤く染まっていた。ガビーは娘を抱き上げ、眠りに落ちるまでひたすら揺すりつづけた。

　あの瞬間のことは永遠に忘れないだろう。もっとも敏感なところを突かれたような思いだった。アナが望んでいたのは、ガビーの心の中の少女が望んでいたものだ。それは血を分けた親だけが与えられる情愛だった。

　ガビーは窓の前で足を止め、すすり泣いた。彼女の父親は家を去り、母親は情緒不安定だった。彼女は生き延びるだけで精いっぱいだったのだ。一瞬、ネイトが彼女の父と母の両方の要素を兼ね備えているように思えた。

　これ以上は無理だった。子供たちをこんな目に遭わせたくない。彼は約束してくれたのだ。ここにいる、と。すべてを話す、と。しかし、彼は約束を破った。ガビーの心が残酷なまでにゆっくりと砕けてゆく。砕けた心のかけらのひとつひとつが、感じ取れるような気がした。彼女はネイトを愛していた。ネイトにすべてを捧げた。ネイトと子供たちを分かち合った。けれど、彼は姿を消してしまった。

　そのとき、彼女のスマートフォンが鳴った。安堵と恐怖の狭間で発信元を確認する。ホープだった。

「もしもし」ガビーは電話に出た。

「ああ、ガビー。ほんとうによかったわね」

頭が混乱した。ホープが何を言っているのか理解できない。だが、質問をする前にホープが話を続けた。

「安心したわ。回復期はいいときも悪いときもある、ってお医者さんは言っていたけど、今回はほんとうにほっとした。すべて異状なし。最高ね」

「ええ、そうね」ガビーは思うように動かない唇でかろうじて言葉を絞り出した。

「兄さんはいまスイスから戻る途中だから、もうじきそっちに着くと思うわ。お祝いをしてあげるべきだと……」

ガビーは、自分が曖昧な口調で相槌を打っていることに気がついた。だが、彼女の頭は凄まじい速度で回転を続けていた。

「あなたのデザイン画を見たわよ、ガビー。ほんとうにすてきだったわ！」

「ありがとう」彼女はそう応えたが、ホープが何の話をしているのかわからなかった。

「いまこの話をするべきじゃないかもしれないけど、すぐに知らせたかったの。二、三日したらまた電話するから、そのときにきちんと話し合いましょう。とにかく、わたしはあなたのデザインが気に入ったし、もっと見てみたいの！　いいでしょう？　それじゃ、またね」

ガビーはスマートフォンを手にしたまま、リビングの真ん中に立っていた。何とかホープの話を理解しようとした。

ネイトはロンドンにはいないの？　いままでスイスにいたということ？　すべて異状なし、とお医者さんが言っていた？　つまり、彼は健康面に不安があったのに、それをわたしには話さなかったということ？　ずっと隠していて、自分の居場所について も嘘をついていた、と？

白熱する刃が胸を刺す。疑い、苦悩、そして愛。そのすべてがナイフと化して彼女を切り裂いていく。だが、もう何も感じなかった。痛みなどなかった。

数分で決意は固まった。三十分後、ガビーはまだ眠っている双子とホルヘを、兄とエミリーの家に送り出した。ネイトが帰宅するころには、彼の私物のうち必需品を荷物にまとめた。週末までに彼が残りを回収しに来なければ、すべて焼いてしまうつもりだった。

彼女の心の中では冷たい怒りの炎が燃えていた。かつてそれは熱く激しい炎だった。しかし、いまや彼女は年齢と経験を重ねていた。重要なのは子供たちだ。自分と同じような目には遭わせたくない。ガビーの心は刃のように研ぎ澄まされていた。

ネイトは玄関のドアを通り抜けた。過酷な七十二時間を終え、疲れ果てていた。食事も睡眠もろくに取っていない。電話をしなければ、と思いながらもガビーとは連絡を取っていなかった。だが、彼女とは直接会って話したかった。この三日ですべてが変わった。とにかくガビーを抱きしめたかった。子供たちにキスをしたかった。そして……。

リビングに足を踏み入れると、部屋の真ん中に立つガビーの姿が見えた。彼女は窓の外を見ていた。

「ガビー？　何も問題はなかったかい？」ネイトは全身に高揚が広がるのを感じた。

彼女は振り返り、こちらを見た。彼の頭は真っ白になった。ガビーはまったくの無表情だった。そこには虚無しかなかった。

「何があったんだ？」ネイトは彼女に駆け寄った。だが、すぐに足を止めた。彼女がいっぽうの手を上げ、彼を制止したからだった。

ガビーは無表情のまま彼を見つめた。瞳には異様な光がたたえられていた。

彼女は肩をすくめた。「〝何があった〟？　いいえ、何もなかったと思うわ。でも、あなたは何か話すべきことがあるんじゃないのかしら？」

ネイトの胸に不安が広がりはじめた。

「いや、ぼくは――」

「ないの？　何もないの？」彼女の口もとはこわばり、頬は血の気を失っていた。「わかったわ」彼女はもう一度肩をすくめ、自分の指に手を触れた。

いや、指ではない。結婚指輪だ。

恐怖が体の奥底で渦を巻いた。

「ガビー――」

「わたしの名前はガブリエラよ。いまは――」彼女はそう言ってうなずいた。「――いまはもうガブリエラ」きっぱりと言い、指輪を抜き取り、テーブルに置いた。

彼女はネイトを見上げた。その瞳は冷ややかだった。いままで彼女の視線が、これほど冷たかったことは一度もなかった。

彼は言葉を失った。何から話していいのかわからなかった。だが、すべてを打ち明けたかった。検査結果が明らかになったとき、ネイトは自分が過ちを犯したことに気づいた。事前に彼女に話しておくべきだったのだ。

「あなたの健康に何も問題がなくてよかったわ。ほんとうにそう思っている。でも、いますぐここから出ていって」

「何だって？　出ていく？」ネイトの頭は混乱した。どうやらガビーは、彼がスイスにいたことを知っているようだ。彼女が気を悪くするのも当然だ。しかし――

「そうよ、出ていってほしいの」

「ガビー、やめてくれ」

「結婚するとき、わたしは多くのことを要求しなかった。でも、いくつか条件は出したはずよ。子供たちが成人するまで家に留まること。そして、自分の身に何かあったら、わたしに話すこと」

彼女は怒りを必死で抑えているように見えた。家族が指のあいだから滑り落ちていくような感覚が押し寄せる。彼は家族を未来の苦しみから守ろうとした。しかし、それが現在をだいなしにしていることに気づいていなかったのだ。

「ガビー、待ってくれ。説明させてくれ」ネイトは床にバッグを放り出し、彼女に近づいた。説明さえできれば、彼女に触れることさえできれば、抱きしめることさえできれば。

だが、彼女は後ずさりした。

「どういうことなの？　どうしてあなたは病院に行ったの？」彼女はネイトに鋭い視線を向けた。

「頭痛や動悸、胸の痛みが続いていたんだ」彼は話しはじめた。みずから招いてしまった破滅を回避する手立てを必死で考えた。

「いつごろから？」

「一カ月くらい前からだ」

ガビーは皮肉に満ちた笑い声をあげた。「そんなに前から？」

否定したかった。過去を修正したかった。しかし、できるはずがなかった。彼はいまその代償を支払っているのだ。

「この一カ月のあいだに、あなたは何度嘘をついたの？　十二回？　十三回？　いいえ、それ以上でしょうね。一日に一度は嘘をついていたの？」

しだいに大きくなる声は、やがて叫びに変わった。ネイトは思わず子供部屋につながる廊下を振り返った。

「あの子たちはいないわ」彼の視線に気づき、ガビーは言った。「ホルヘがハビエルの家に連れていったのよ」

落雷が木を引き裂くように、怒りが彼の体をつらぬいた。だが、必死で気持ちを静めた。ガビーの視線を肌に感じながら、ゆっくりと息を吸う。しかし、涙にぬれた彼女の瞳を見た瞬間、ネイトの考えは変わった。自制などどくそ食らえだ。彼女に近づき、抱きしめようとする。だが、ガビーは体をひねり、彼の抱擁を逃れた。

「ガビー、お願いだ。説明させてくれ。また発作が起きる、とぼくは思ったんだ。くも膜下出血の発作が。それで――」

「もうどうでもいいわ」

「それは嘘だ。きみは気にしている。これはきみにとって何よりも重要なことだ。だからこそ――」

「もう終わったのよ、ネイト」ガビーがさえぎった。「あなたが終わらせたんだわ。あなたが、これを、終わらせた」同じ台詞を繰り返す。その言葉のひとつが、ネイトの心を切り裂いた。

涙があふれ、彼女の頬を伝った。

「今日、アナは泣いていたのよ。あなたがいないから眠らない、って。あなたに会いたいと言って、何時間も泣いていたのよ」

ネイトは胸がえぐられるような痛みを感じた。

「だから、答えはノーよ、ナサニアル。説明なんて聞きたくない。あなたは嘘をついた。わたしは知っているのよ！　この何週間か、あなたはずっと嘘をついていた。わたしたちは約束を交わした――わたしはそう信じていたのよ。何かあったら、あなたはかならずわたしに話してくれるはずだ、と。でも、あなたは約束を守らなかった」

ガビーは彼を見上げた。彼女の目は懇願していた――何もかも誤解だったと言って。ぼくはそんなことはしていないと言って、と。

「あなたのせいでわたしは自分自身を疑った。あなたのせいで子供たちは泣きだした。だから、いますぐ出ていってちょうだい」

「それはできない」彼は首を横に振った。押し寄せるパニックが胸を締め上げる。こんなふうに別れるわけにはいかない。こんな思いをしている彼女を捨てることはできない。どうして彼女は説明を聞いてくれないんだ？　説明さえ聞けば、ガビーはわかってくれるはずだ。

「話をこれ以上難しくしないで」彼女は言った。

「難しくする意味はあるはずだ、ガビー。簡単に終わらせていいことじゃない。むしろ、何よりも難しい問題であるべきだ。この家族はぼくたちの家族だ。あの子たちはぼくたちの子供だ。ぼくたちはそのために、すべてを犠牲にするべきなんだ」

「わたしはすべてを捧げたわ」ガビーが叫ぶ。「わたしはそうだった。でも、あなたは？　あなたは隠しごとをしていた。何もかも自分の胸の中に仕舞い込んでいた。話さなかっただけにせよ、話せない理由があったにせよ、もうどっちでも関係がないわ」

「いや、関係はある。だが、きみは説明を聞く気がないんだ」何を言っても状況を変えられない、という現実にネイトは憤激していた。「ぼくはきみが思っていたほどよい父親、よい夫ではなかった、と言いたいんだろう？　きみはぼくの失敗を待っていたんだ。かりにぼくがここで失敗しなくとも、別の機会を見つけていたはずだ。そうなんだろう？」

ガビーは首を左右に振り、彼の言葉を否定した。できるだけ冷静に対処してきたが、それももう限界だった。いくつもの感情が心の中で荒れ狂っている。それでも彼女は、いまこの瞬間を乗りきるために理性を保とうとした。

「いいえ、それは違うわ」

「いや、これが真実さ。ぼくが失敗したことは否定しない。ぼくは嘘をついた。だが、それは怖かったからだ。ぼくが恐れていたのは……」それ以上は話せない、とでも言うようにネイトは不意に口をつぐんだ。「きみはぼくに何を期待していたんだ？　完全無欠な父親か？　だが、きみは自分に何を求めていた？　どう考えても不可能だ。ぼくたちは完璧じゃない。きみもぼくも過ちは犯すはずだ。子供たちだってそうだ」

　ガビーはかっとなった。「もちろんよ。子供は過ちを犯すものだわ。あの子たちに完璧を期待するほうが間違っているのよ」

「だが、ぼくたちは完璧であるべきだ、と？　きみはその基準を子供たちにも押しつけようとしているんだ。きみが口で何と言おうと、やがて子供たちが直面するのはその基準だ。あの子たちは完璧であることを要求される。失敗は許してもらえないんだ」

　怒りに彼女の体は震えた。「今回、失敗をしたのはあなたよ、ネイト。お願いだから出ていって。いますぐに」

　ネイトは傷心と怒りの表情を彼女に向けた。ガビーもちょうど同じような顔をしているはずだった。ネイトは彼女が決意を翻すのを待っていたようだった。だが、ガビーの決心は変わらなかった。変えることができなかった。部屋を出たネイトが外からドアを乱暴に閉めると、彼女は床にくずおれた。ガビーは泣いた。数時間前の娘と同じように。期待に応えてくれなかった男性のことを思いながら。

12

　ネイトはホテルのバルコニーから、フリヒリアナの街を見下ろし、妻と子供たちのいるヴィラを探そうとした。宿泊料が飛び抜けて高い部屋だったが、ヴィラの見えない部屋を借りるつもりは最初からなかった。

　ドアに乱暴なノックの音がした。ガビーの兄だろう、と彼は思った。しかし、ドアの向こうで待っていたのは、予想をはるかに下まわる現実だった。ホープだった。

「自分が何をしたのかわかっているの？」ホープはそう言って部屋に足を踏み入れた。「ほんとうによかったわ。検査に異状はなかったし、命に関わる話でもなかったんだから」

　彼女は兄の肩と腕を撫で、それから唐突に突き放した。

「でも、兄さんのことはいまこの場で殺してやりたいわ。ガビーは元気なの？　悪かったとは思っているわ。彼女に電話するべきじゃなかったし……あの話をするべきでもなかった。でも、どうして彼女に何も言わなかったの？」

「おまえこそ大丈夫なのか？」妹の言動は明らかにいつもと違っている……。

「ああ、ホルモン分泌のトラブルね」ホープが悲しげな口調で言うと、ネイトは自分が恥ずかしくなった。妹とルカが体外受精を進めていることを、きれいさっぱり忘れていたのだ。

「ホープ――」

「その話はやめて。大丈夫。わたしは大丈夫だから」彼女が大きな声で言うと、スーツケースを抱えルカがドアの向こうから現れた。

「そうなのか?」ネイトが尋ねる。

「大丈夫だとも」ルカは眉を上げ、それ以上何も言うな、と無言で警告した。

「きみたちに会えてうれしいんだが、いまはあまりいい時期じゃない」どのくらいこのホテルに滞在するつもりなんだ?ルカのかたわらのスーツケースを見ながらネイトは訝った。

「いい部屋じゃないか」ルカは皮肉めいた調子で言った。

ネイトはまぶたを閉じ、緊張性頭痛を追い払おうとした。いまならわかっていた。これは緊張性頭痛にすぎないのだ。

〝原因はストレスだ〟ドクター・ブラナーは言った。〝きみは人生が一変するような経験をした。どのくらい前だ? 二カ月くらい前か? しかもきみは、その数年前に発作で死にかけた。これは深刻な問題だ。きみが生きたいのなら、きみの前に立ちふさがる障害に上手く対処しなければならない〟

「わたしの話、聞いている?」ホープが尋ねる。

「いや、聞いていなかった」彼はいらだちを抑えて言った。妹が善意にもとづいて行動していることはわかっていた。だが、まさかスペインまでやってくるとは思ってもいなかった。

ネイトは広いバルコニーを身ぶりで示した。

ホープがバルコニーのドアを開けると、新鮮な空気が流れ込み、かすかな夜の喧噪が聞こえてきた。深く息を吸い込む。深呼吸をしたのは、家を出て以来初めてだった。

ガビーの家だ。そう考えたとたん、また胸が痛くなった。

ルカがなかば強引に彼を椅子に座らせた。ホープはその向かいに腰を下ろすと、兄に手を差し伸べた。たネイトは妹の手を茫然と見つめた。彼とホープは固い絆で結ばれていたが、仲のよさをひけらかすようなまねはしたことがなかった。結局、ネイトは妹の手を握った。

「最初から話を聞かせて。何もかも」ホープは言った。

こうしてネイトは生まれて初めて、隠しごと抜きで話をした。

三時間後、ホープはティッシュペーパーを握りしめ、唇を噛んでいた。テーブルには、コーヒーカップとミネラルウォーターのグラスが並んでいる。いまなら、ネイトにも理解できるような気がした——ルカはホープの幸福だけを考えている。両親の死によってできた妻の心の空白を、彼は何とかして埋めようとしているのだ。

ガビーと同じように。笑顔、配慮、そして彼女の存在それ自体が、ネイトの心の空白を少しずつ埋めはじめていたのだ。

だが、彼はガビーの信頼を裏切ってしまった。

「兄さんの恐怖は理解できるわ」ホープが言った。「でも、失うのが怖いからという理由で、知らせるべきことを家族に知らせないのは間違いよ」

「家族を失うのが怖いわけじゃない。みんなが無事だからこそ怖いんだ。子供たちがぼくを——ぼくとガビーを失うことが怖いのさ。アナとアントニオが、ぼくたちと同じような目に遭うかもしれない、と考えるだけで理性が吹き飛びそうになるんだ」彼が力なく言うと、ホープも納得の表情を見せた。

事故から長い年月が流れていたが、いまだ苦痛は癒えていなかった。過去に対する悲しみ、実現の可能性が絶たれたものへの悲しみ……。ネイトは拳を握りしめた。

「偏頭痛が始まったとき、また発作が来る、と思ったんだ。その瞬間に頭に浮かんだのは、棺の前に立つぼくたち兄妹の姿だった」悲しみと怒りと恐怖で息が詰まりそうだった。「耐えられなかったんだ……ぼくの子供たちが——アナとアントニオが同じ目に遭うとしたら？　もしあの子たちが……」

最後まで言えなかった。悲しみと苦しみと喪失感で言葉が喉につかえた。涙をこらえるので精いっぱいだった。

しかし、ホープは涙を流していた。手放しで泣ける妹が羨ましかった。

「わかったわ」彼女は落ち着きを取り戻しつつあった。「でも、かりに何かが起きたとしても、アナとアントニオには、わたしたちにはなかったものがあるのよ」

ネイトは意味がわからず、顔を上げた。

「あの二人には家族がいるわ。あの子たちを愛して、あの子たちのためなら何でもする家族が。わたしとルカ。ハビエルとエミリー。お祖父さんやお祖母さんはいないけど、いとこだっている。あの子たちを愛し、守るひとたちがたくさんいるのよ。アナとアントニオが二人だけになることは絶対にない。あの子たちは自分の感情を表現したり、誰かを愛したりすることを恐れたりしないわ。だって、あの二人は兄さんとガビーが築いた家庭で育ったんだもの。ガビーにこういうことを言わなかったの？」

「言えなかった。彼女は何も言わせてくれなかったんだ。失敗したのはぼくだったからな。彼女に事前に話しておくべきだったよ——スイスの件も、ぼくが恐怖を味わっていたことも。だが、ぼくは誰よりも先に知りたかったんだ。事態に対処するために」

「でも、秘密にするべきじゃなかったわ」

「そうだな……いまならそれがわかるよ」ネイトは言った。彼が恐怖に屈してしまったせいで、すべてがだいなしになってしまったのだ。彼の過去も、現在も、そしておそらくは未来も。

「どうするつもりなの？」

彼は歯を食いしばった。自分がやりたいことはわかっていた。やるべきこともわかっていた。ガビーとは距離を置いてきた。そうすれば、いつか歩み寄るチャンスが作れる、と考えたからだ。だが、ガビーは子供のころから何度も両親に傷つけられてきた。誰も彼女のために闘おうとしなかった。誰も身を挺して彼女を守ろうとしなかったのだ。

いまこそぼくの愛を証明しよう。たとえ衆人環視の中だろうと、ためらったりはしない。

「彼女のもとに戻る」

ガビーは腕の中のアナを優しく揺すり、眠らせようとした。アントニオは手の施しようがなかった。涙と言葉で力いっぱい不満を表現している。しかし、心配なのはむしろアナだ。ネイトが家を出ていってからというもの、娘は以前より静かになった。しかも、母親の目を盗んでネイトを捜しまわっているのだ。

そんな娘の姿を見るたびに、ガビーの心は砕けそうになった。

いったい一日に何度涙を拭っただろう？　いままでこれほど泣いたことは一度もなかった。なぜか涙が止まらなかった。ネイトを追い出したときは、自分は正しいことをしているという自信があった。嘘をつき、隠しごとをした父親から自分自身と子供たちを守っている、と考えることができたのだ。だがいまは、その自信も薄れていた。

そのせいで胸が痛んだ。

ガビーはゆっくりと窓に近づき、外に目をやった。夜空には星がきらめいていたが、彼女はネイトとの最後の口論のことだけを考えていた。

〝ぼくはきみが思っていたほどよい父親、よい夫ではなかった、と言いたいんだろう？　きみはぼくの失敗を待っていたんだ〟

　ガビーは夕闇にかすむ遠くの山々を眺めながら、あの日味わった恐怖を思い出そうとした。ネイトの主張のひとつは正しかった。その事実は認めざるを得なかった。アナをベビーベッドにそっと寝かせると、キッチンに入り、白ワインをグラスに注（つ）いだ。グラスとベビーモニターを手に中庭（パティオ）に出る。

　わたしは彼の失敗を待っていたの？

　罪悪感と屈辱がゆるやかに胸に広がる。わたしは間違っていた。別にネイトの失敗を望んでいたわけじゃない。でも、心の奥底では彼が出ていくことを願っていた。彼が自分から姿を消してしまう前に追い払う。そうすれば、心の傷は軽くてすむ。そんな臆病でゆがんだ思いが胸に巣くっていたのかもしれない。苦痛に満ちた感覚が喉もとまでせり上がってきたが、味のしないワインで無理に押し流した。

　玄関のドアが開く音が聞こえ、ガビーはどきりとした。ネイトが帰ってきたのでは？　彼女は振り返り、泣きそうになった。そこにいたのは子供を抱いたエミリーとハビエルだった。

「ああ、ガビー」エミリーはまっすぐにパティオに出ると、身を屈（かが）め、ガビーの首に腕をからめた。「何もかもきっとよくなるはずよ」

　ガビーは耐えられなくなり、手放しで泣きだした。

「ほんとうにごめんなさい」その言葉を何度も何度も繰り返す。

「おまえが謝る必要はないんだ、ガビー」ハビエルも動転しているようだった。

「あなたが何をしたというの？」エミリーはとなりの椅子に腰を下ろし、優しく尋ねた。

「彼を追い出したの。ひどいことも言ってしまったわ」

「彼はそれだけのことをしたの？」

「そうね……そうかもしれない」

「何をやらかしたんだ？」ハビエルが尋ねる。

「嘘をついたのよ。彼は自分が病気だと思っていたんだけど、それをわたしに話さなかった」

「秘密にしていたの？」エミリーは言った。

「ええ」

「あなたはそれで傷ついた？」

「傷ついたわ」

「だとしたら、ひどいことを言っても仕方がないわね。彼は秘密にしていた理由を話してくれたの？」

ガビーは目を伏せ、膝の上で両手を組み合わせた。

「わたしが彼に何も言わせなかったの」

「なぜだ？」ハビエルは尋ねた。

「彼が話を上手くごまかしてしまうのでは、と思ったからよ」

「ぼくたちの母親のように、か」ハビエルの口もとがこわばった。

ガビーはうなずき、唇を噛んだ。頭は疼き、目は痛く、胸も苦しかった。

「ぼくたちの母親は、母親と呼べるような存在じゃなかった」ハビエルの瞳には怒りの炎が燃えていた。「おまえにとって真実がどれだけ重要なのかは、ぼくもわかっている。だが、ぼくたちの母親は自分の利益のために嘘をついていた。ナサニアルはおまえを守るために嘘をついたんじゃないのか？」

「兄さんはどうしてそんなことを言うの？」

「あの男はおまえを愛している。エミリーはそれを知っているし、ホープも知っているし……ぼくだって知っている。ぼくらはみんな考えているんだ――おまえもそれに気づくべきだ、と」

「でも、彼は嘘をついたわ」希望が胸の中で花開く。しかし、それでも彼女の中の恐怖が最後の抵抗を試みた。

「彼がもう一度嘘をつくと思う？」エミリーが尋ねる。

トーレスまでご連絡ください。

ガビーはエミリーとハビエルに付き添われ、裁判所の入口の階段を上った。三人で話し合ったすえ、ハビエルの主張が通った。ガビーは母親と一対一で対峙するべきではない、と。裁判所には子供たちも連れていくことになった。母親が怪我をしたせいで、ホルヘが実家に戻っていたからだった。

ネイトに電話しなくては、と彼女は数日前から考えていた。だが、もう少しようすを見たほうがいい、とエミリーは言っていた。この裁判が終わったら、ネイトを捜し出し、家に戻るよう説得しよう、とガビーは考えていた。

ハビエルたちと法廷に足を踏み入れたときも、席に案内されたときも、ガビーはそのことだけを考えていた。しかし、視線を上げたとき、自分は存在しない何かを目にしているのでは、という疑いに駆ら

ミズ・ガブリエラ・カサスへのメッセージです。お母さまの裁判が再開されますので、九月二十日に証言をお願いします。確認のためセニョール・

「どんな過ちも時間が解決してくれるさ」ハビエルは言った。

ガビーは首を左右に振った。「わたしは大きな過ちを犯したような気がする」

〝ぼくたちは完璧じゃない。きみもぼくも過ちは犯すはずだ……〟

「それは……」

考えてみたこともなかった。ネイトが過ちを犯した瞬間に、彼女は境界線を引いてしまった。彼がこの一件から教訓を得たかどうかなど、意識にさえ上らなかった。彼女は完璧になるつもりでいた。自分の母のようになるつもりはなかった。子供たちのためにも、完璧な母親にならねばならないのだ。

れた。証言台に立っていたのはネイトだった。彼は記憶の中のイメージと同じくらいハンサムだった。

彼はこちらを見ていた。瞳は強烈な光を放っている。彼女と子供たちに視線を投げかけた。ガビーは、彼のもとに駆け寄りたい、という激しい衝動に駆られた。

ネイトはやがてハビエルに視線を転じた。二人がうなずき合う。ガビーは兄をにらみつけた。どうやら兄とネイトは事前に話し合っていたらしい。いずれにせよ、彼女の胸の高鳴りは治まりそうになった。

ネイトはレナータ・カサスを無視した。ガビーと子供たちが法廷に現れたことを確認すると、弁護士に注意を戻す。心臓は激しく鳴り響いていたが、何の不安もなかった。これが健康上のトラブルではないことはわかっていた。胸の高鳴りには別の理由がある。

それは妻と子供たちへの愛だった。

「陳述に付け加えたいことがある、ということですね、ミスター・ハーコート？」

「そうです」

「その理由は？」

「前回の出廷から、状況がいろいろと変わりました。被告人は自分に都合のいいように事実をねじ曲げていますので、ぼくは事実を明らかにしたいと考えています」

通訳が彼の言葉を訳すと、被告側の弁護士が異議を唱えた。

「このような要求は異常です、裁判長閣下」

「被告人の健康が突如として回復したのも異常だろう」裁判長は異議を却下した。「原告は続けなさい」

「二カ月前、ぼくは幸運にもガブリエラ・カサスを妻として迎えることができました。彼女はぼくの子供たちの母親であり、ぼくが生涯愛しつづける女性でもあります。しかし、レナータはぼくたちが夫婦であるという事実を利用し、ぼくと妻が彼女の会社を乗っ取ろうとしている、と言い張っているのです。それは事実ではありません。そこで、彼女がこれ以上デマを流すことを阻止するため、ぼくが手持ちのカサス・テキスタイルの株をレナータの弟、ガエル・カサスに総額一ユーロで売却したことをこの場で明らかにしたいと思います」

法廷に驚愕の喘ぎが広がり、レナータが憤激の叫び声をあげた。だが、ネイトはガビーだけを見つめていた。

「最近ぼくが手放したビジネスはそれだけではありません。ぼくは〈ハーコーツ〉の役員の地位を退き、ぼく自身が所有する三つの企業のうちの二つを売却しました」

「何か理由があるのですか？」弁護士が尋ねる。

「あります。二年半前、ぼくはくも膜下出血で倒れました。その結果、手術を受け、リハビリに勤めることになったのです」

傍聴席からまたしても驚きの声が聞こえた。ネイトは、ガビーの顔にも衝撃の表情が浮かんでいることに気づいた。

「なぜこの法廷でそんな話を？」

「レナータ・カサスは嘘と秘密でひとびとを苦しめています。ぼくはそんなものとは関わりのない人生を送りたいのです。妻はぼくに教えてくれました。そんなものと関わりを持つ必要はない、と。妻はぼくが知るなかで、もっとも強く、もっとも誠実な人間です。ぼくにはもったいないほどの女性です。レナータ・カサスに虐待を受けたにもかかわらず、妻は愛情深く、意志の強い女性に育ちました。このうえぼくの妻の証言が必要なのか、ミズ・カサス？」

ネイトはレナータをにらみつけた。レナータは怒りに頬を赤く染め、歯ぎしりをしたが、やがて首を左右に振った。

「いいえ、その必要はないわ。有罪を認めます……いまはただ法廷の慈悲にすがりたいと思います」

法廷は大騒ぎだった。報道陣のカメラがフラッシュを焚き、裁判長が静粛を求める。レナータはナイフのような目でこちらを見ていたが、まったく気にならかった。証言台を下り、ガビーに視線を向ける。

ひとびとは打ちのめされたレナータ・カサスの姿を見ようと立ち上がり、あたりは混乱状態だった。それでも、ネイトはガビーの姿を見つけた。手を差し伸べると、彼女が近づいてきた。安堵の思いがわき上がる。

「すまなかった」ガビーの手を握り、彼は言った。「あのとき、ぼくは謝らなかった。ぼくはまず謝るべきだったんだ。ほんとうにすまなかった。ぼくは怖かったんだ。恐ろしかったんだ。偏頭痛が始まったとき、くも膜下出血の前触れでは、と考えてしまった。アナとアントニオの未来が心配になったんだ」

ガビーの目は憐憫と悲しみに満ちていた。彼女は口を開け、何か言いかけた。しかし、言葉が出てこないようだった。

「ぼくは両親の死に打ちのめされ、それから何年かは心に痛みを抱えて生きつづけた。いや、言い訳が言いたいわけじゃないんだ。ただ、ぼくはこの痛みのせいで自分勝手な人間になった。あんなふうにきみを傷つけた自分が許せないんだ」

ネイトを見つめる彼女のまなざしには、何かがあった――彼に希望を与えてくれる何かが。

「どうか信じてほしいんだ。きみ自身を、ぼくの気持ちを、ぼくの愛を。一度だけチャンスを与えてくれないか。ぼくにとっては新しい経験だし、混乱や当惑も味わうことになるだろう。それでもぼくはきみのために、子供たちのために努力をしたい。子供たちはぼくのような人間に……きみと出会う前のぼくのような人間に育ってほしくないんだ」

　彼は言葉を切り、ガビーの目を覗き込んだ。

「きみを愛している。この台詞は何度でも繰り返して言いたい。死ぬまで言いつづけたいんだ」ネイトは涙があふれるのを感じた。人前で泣く勇気など自分にはないと思っていた……いまのいままで。

　ガビーは驚きに打たれた。手を伸ばし、ネイトの瞳からあふれた涙を拭った。

「ああ、ネイト、謝らなければならないのは、わたしのほうだわ。あなたが出ていった瞬間に気がついたの。悪かったのはわたしだ、と」

「きみは悪くない」ネイトが言うと、彼女は微笑んだ。こんなことで言い合いをしているのが不思議な気がした。

「わたしがあなたの話を聞くべきだったわ。でも、わたしも怖かった。だから、あなたの愛を信じることができなかったのよ。わたしの父のように、あなたも姿を消してしまうかもしれない、と。そのくらいなら、わたしがあなたを追い出したほうがましだ、と考えてしまったの」

「ぼくはもう二度ときみをそんなふうに悩ませたりしない」

「あなたは人前でくも膜下出血の話をしてしまったわね」

「もう秘密にしておく必要がなくなったんだ。いまのぼくに弱点があるとしたら、それはきみと子供たちだけさ」

「会社も手放したのね？　ほんとうにそれでいいの？」

「もちろん。自分が人生に何を求めているかがわかったんだ。それはきみとアナとアントニオだ。ぼくは夫としてこの世の何よりもきみを愛する。そして父親として子供たちを愛するつもりさ」

　そのとき、ガビーは初めて気がついた。心に刻まれていた思いを、言葉にして彼に告げていなかったことに。

「あなたを愛しているわ」彼女はネイトに激しいキスをした。「ほんとうに愛しているの」

　二人が情熱にわれを忘れかけたとき、誰かが体をぶつけてきた。エミリーのもとから逃げ出してきたアナだった。エミリーが申し訳なさそうな表情を浮かべる。

　振り返ると、アントニオをしっかりと抱いたハビエルの姿が見えた。ガビーはアナを抱き上げようとした。だが、娘はネイトを凝視していた。

「パパ？」希望に満ちた声でアナが言う。

　ネイトが腕を差し伸べると、すぐにアナが駆け寄った。

「パパ！」アナの目は涙でぬれていた。「パパ、ここにいた」

　ネイトは愛情に満ちた目でガビーを、そして子供たちを見た。ガビーは気がついた――結婚も愛情も完璧である必要はない、ということに。諍（いさか）いも落胆もあるだろう。それでも、家族は愛し合いながら生きていくのだ。

「パパ、もう行くのだめ」アナは言った。

「どこにも行かないさ。二度ときみたちを残してどこかに行ったりしないよ」彼は妻の目を見ながら言った。

エピローグ

「気に入らないな。こっちは数で完全に負けているぞ」ハビエルはぼやいた。

「勝率的にも不利だ」ルカも同意した。

「でも、どうせ女だから」アントニオが言うと、〝こらっ〟、〝ちょっと待ちなさい〟、〝お母さんに向かって何てことを言うの！〟という台詞がつぎつぎに飛んできた。

ネイトは十代の入口に足を踏み入れた息子の肩を抱いた。「よし、行こう」息子の先に立ち、マラガ郊外の別荘のバルコニーに出る。

四年前、三つの家族は共同で広い別荘を買い入れた。いつしかここは、ネイトにとって世界で二番目に好きな場所になっていた。

バルコニーの先には庭が見えた。テーブルのまわりには女性たちが集結していた。

「どう思う？」彼は息子に尋ねた。

「母さんたちは地図を持っているね」

「そうだな。それはつまり……」

「何か作戦がある、ということだよ」

「同感だな。わが一族の女たちを侮るなよ。いや、いかなる女性も侮ってはならない」

ルカが笑いだした。

「何がそんなおかしいんだ？　きみはこの中でいちばん知識が豊富なくせに、たいして役に立っていないじゃないか！」ハビエルは言った。

「それは事前の打ち合わせで決めたことだろう？　ぼくは指揮を取らず、命令にだけにしたがう。そうしないと、フェアじゃないからな」

「時間がない」ハビエルは声をあげた。「行くぞ！」

全員が水鉄砲を手にすると、それぞれ別の方向に走り出す。こうして、年に一度の水鉄砲合戦が始まった。

ネイトは、パーゴラの脇をすり抜ける妻の姿を認めた。両腕で彼女を捕まえ、別荘の裏手に引きずり込み、いっぽうの手で口をふさぐ。ゲームの趣向を少しばかり官能的なものに変えるつもりだった。何年たっても妻に対する欲望が薄れることはなかった。ガビーはいまでも美しかった。

「ネイト」ガビーは夫の腕を軽くたたいたが、ネイトは彼女の唇を貪り、首筋にキスをした。彼の手がスカートに向かうと、ガビーはそれを払いのけた。

「これはファミリー向けのゲームよ」

「そうだな」ネイトはしぶしぶ同意した。「だが、ネックラインより上なら問題はないはずだ」そう言って再び彼女の唇を奪う。

そのとき、子供たちの悲鳴や金切り声が聞こえ、二人は笑みを浮かべた。そこには大人たちの歓声も混じっていた。誰もが年に一度のこのゲームを楽しんでいた。

ガビーが唇を重ねたままうめき声をあげる。それを耳にしたとたん、ネイトの肉体は反応を示した。

「寝室に行こう」彼は妻をゲームから連れ出そうとした。

「すてきな提案だけど……いまはだめよ。まず戦いに勝たないと」ガビーは水鉄砲を構え、彼の胸に水を浴びせた。

彼女は笑いながらネイトの腕を逃れ、勝利の雄叫(おたけ)びをあげて庭の奥に消えた。ああ、ぼくは彼女を愛している、とネイトは思った。ガビーが他人の失敗を許すことのできる女性でほんとうによかった。彼はこの幸福を失ってしまうところだったのだ。もう二度と過ちを犯してはならない。

ネイトは別荘の敷地の隅に身をひそめ、虚空をつらぬく水のアーチとあちこちに生ずる虹を見つめた。ホープとルカは二人で力を合わせて、フェリシティとベラ――自分たちの二人の子供たちと戦っているようだった。庭の反対側では、エミリーがハビエルをプールに突き落とすのを見て、娘のリリーが笑っている。

しかし、ネイトが凝視していたのは、アナとアントニオを同時に相手にしているガビーの姿だった。双子が力を合わせているところを見るだけで、彼とガビーの胸には喜びが芽生えるのだった。

夜になると、全員がひとつのテーブルに集まり、食事を楽しみ、飲み物を飲み、物語を披露し、ときには歌を歌った。ハビエルはいつもエミリーの肩を抱き、一人娘に微笑みかけていた。ルカは娘たちの体に腕をまわし、視線はホープに向けていた。何もかもガビーが与えてくれたものだった。愛と喜びに満ちた家族。何年か前までは想像したとすらなかった人生だった。

会社を手放したことは一度たりとも後悔しなかった。子供たちが学校に通うようになると、自由になる時間がさらに増え、ルカやハビエルとともに始めたチャリティ活動に打ち込むようになった。

ネイトはデザイナーとしてのガビーの才能にも目を見張っていた。彼女はホープと新しいファッション・ブランドを立ち上げ、成功を収めていた。彼女はデザイナーとして、ビジネスウーマンとして、母として、妹として、友人として、懸命に生きていた。それはネイトにとっては喜びであり、子供たちにとってはお手本だった。ティーンエイジャーに成長しつつある双子たちにとって、母の影響は大きなもののようだった。

ここ何年かの人生を振り返ると、自分自身に課した約束が上手く果たせたような気がする。双子たちは、彼と妹が経験したような孤独でぬくもりのない子供時代を過ごさずにすんだ。ガビーの手で育てられた彼の愛情はみごとに花開き、つぎの世代へ、さらにそのつぎの世代へと受け継がれていくだろう。しかし、ネイトにとって何よりも大切なのは、彼の半身であり、彼の魂である妻――ガブリエラ・ハーコートだった。

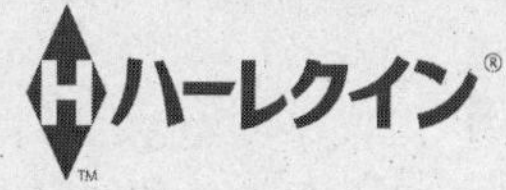

億万長者の知らぬ間の幼子

2024年4月5日発行

著　　者	ピッパ・ロスコー
訳　　者	中野　恵（なかの　けい）
発 行 人	鈴木幸辰
発 行 所	株式会社ハーパーコリンズ・ジャパン 東京都千代田区大手町 1-5-1 電話 04-2951-2000（注文） 0570-008091（読者ｻｰﾋﾞｽ係）
印刷・製本	大日本印刷株式会社 東京都新宿区市谷加賀町 1-1-1
表紙写真	© Olga Rolenko ｜ Dreamstime.com

この書籍の本文は環境対応型の植物油インクを使用して印刷しています。

ISBN978-4-596-53771-3 C0297

ハーレクイン・シリーズ 4月5日刊 発売中

ハーレクイン・ロマンス

愛の激しさを知る

星影の大富豪との夢一夜	キム・ローレンス／岬　一花 訳	R-3861
家なきウエイトレスの純情 《純潔のシンデレラ》	ハイディ・ライス／雪美月志音 訳	R-3862
プリンスの甘い罠 《伝説の名作選》	ルーシー・モンロー／青海まこ 訳	R-3863
禁じられた恋人 《伝説の名作選》	ミランダ・リー／山田理香 訳	R-3864

ハーレクイン・イマージュ

ピュアな思いに満たされる

億万長者の知らぬ間の幼子	ピッパ・ロスコー／中野　恵 訳	I-2797
イタリア大富豪と日陰の妹 《至福の名作選》	レベッカ・ウインターズ／大谷真理子 訳	I-2798

ハーレクイン・マスターピース

世界に愛された作家たち
～永久不滅の銘作コレクション～

思いがけない婚約 《特選ペニー・ジョーダン》	ペニー・ジョーダン／春野ひろこ 訳	MP-91

ハーレクイン・ヒストリカル・スペシャル

華やかなりし時代へ誘う

伯爵と灰かぶり花嫁の恋	エレノア・ウェブスター／藤倉詩音 訳	PHS-324
薔薇のレディと醜聞	キャロル・モーティマー／古沢絵里 訳	PHS-325

ハーレクイン・プレゼンツ作家シリーズ別冊

魅惑のテーマが光る
極上セレクション

愛は命がけ	リンダ・ハワード／霜月　桂 訳	PB-382

※予告なく発売日・刊行タイトルが変更になる場合がございます。ご了承ください。

4月2日発売 ハーレクイン・シリーズ 4月20日刊

ハーレクイン・ロマンス

愛の激しさを知る

傲慢富豪の父親修行	ジュリア・ジェイムズ／悠木美桜 訳	R-3865
五日間で宿った永遠 《純潔のシンデレラ》	アニー・ウエスト／上田なつき 訳	R-3866
君を取り戻すまで 《伝説の名作選》	ジャクリーン・バード／三好陽子 訳	R-3867
ギリシア海運王の隠された双子 《伝説の名作選》	ペニー・ジョーダン／柿原日出子 訳	R-3868

ハーレクイン・イマージュ

ピュアな思いに満たされる

瞳の中の切望 《至福の名作選》	ジェニファー・テイラー／山本瑠美子 訳	I-2799
ギリシア富豪と契約妻の約束	ケイト・ヒューイット／堺谷ますみ 訳	I-2800

ハーレクイン・マスターピース

世界に愛された作家たち
〜永久不滅の銘作コレクション〜

いくたびも夢の途中で 《ベティ・ニールズ・コレクション》	ベティ・ニールズ／細郷妙子 訳	MP-92

ハーレクイン・プレゼンツ作家シリーズ別冊

魅惑のテーマが光る
極上セレクション

熱い闇	リンダ・ハワード／上村悦子 訳	PB-383

ハーレクイン・スペシャル・アンソロジー

小さな愛のドラマを花束にして…

甘く、切なく、じれったく 《スター作家傑作選》	ダイアナ・パーマー 他／松村和紀子 訳	HPA-57

文庫サイズ作品のご案内

◆ハーレクイン文庫…………毎月1日刊行
◆ハーレクインSP文庫…………毎月15日刊行
◆mirabooks…………毎月15日刊行

※文庫コーナーでお求めください。